Christina Walch

Shining bright

Leben mit Intention

Christina Walch

Shining bright

LEBEN MIT INTENTION

SCM
Hänssler

SCM

Stiftung Christliche Medien

SCM Hänssler ist ein Imprint der SCM Verlagsgruppe, die zur Stiftung Christliche Medien gehört, einer gemeinnützigen Stiftung, die sich für die Förderung und Verbreitung christlicher Bücher, Zeitschriften, Filme und Musik einsetzt.

MIX
Papier | Fördert gute Waldnutzung
FSC® C018236
FSC www.fsc.org

Max-Eyth-Straße 41 · 71088 Holzgerlingen
Internet: www.scm-haenssler.de · E-Mail: info@scm-haenssler.de

Abbildung auf Seite 25:
https://www.flaticon.com/de/kostenloses-icon/schnecke_2174096/,
zuletzt aufgerufen am 16. 08. 2022.
Abbildung auf Seite 96: DiSG-Modell von EventMobi (2022),
https://www.eventmobi.com/de/blog/disg-modell/,
zuletzt aufgerufen am 16. 8. 2022.

Die Bibelverse wurden folgender Ausgabe entnommen:
Neues Leben. Die Bibel, © der deutschen Ausgabe 2002
und 2006 SCM R.Brockhaus in der SCM Verlagsgruppe GmbH, Holzgerlingen.
Weiter wurde verwendet:
Einheitsübersetzung der Heiligen Schrift, © 1980 Katholische Bibelanstalt, Stuttgart.

Umschlaggestaltung: Astrid Shemilt // Büro für Illustration & Gestaltung,
astridshemilt.com
Titelbild: Gian Cesco, unsplash
Autorenfoto: © Alexander Markus Walch
Satz: typoscript GmbH, Walddorfhäslach
Druck und Bindung: Dimograf Sp. z o.o.
Gedruckt in Polen
ISBN 978-3-7751-6180-0
Bestell-Nr. 396.180

Für meinen Mann Daniel –
Ich liebe dich!
Und für meine wunderbaren Töchter
Grazia und Chiara

INHALT

SHINING BRIGHT

Es war einmal eine junge Frau aus Mazedonien, die sich, nachdem sie als Neunjährige ihren Vater verloren hatte, im Alter von achtzehn Jahren entschied, Gott als Ordensschwester im Loreto-Orden zu dienen. Schon bald wurde sie von ihrem Orden nach Indien geschickt, wo sie viele Jahre lang als Lehrerin arbeitete und Kinder unterrichtete. Als sie 36 Jahre alt war, erblickte sie bei einer Fahrt durch die Stadt Kalkutta ein Kreuz, und in diesem Moment war es ihr, als würde Jesus zu ihr sagen: »Mich dürstet« und sie damit auffordern, den Ärmsten der Armen zu dienen. Sie nahm diesen kleinen Moment ernst und bat ihre Ordensobere, das Kloster verlassen zu dürfen, und bekam zwei Jahre später die Erlaubnis dazu. Anfangs allein, dann unterstützt von ehemaligen Schülerinnen, diente sie einem Armen nach dem anderen, bis schließlich der »Orden der Missionarinnen der Nächstenliebe« entstand, der heute nahezu in der ganzen Welt tätig ist und dem mehr als 5 000 Schwestern in 710 Häusern angehören, die den Sterbenden, Lepra- und Aidskranken, Obdachlosen und Kindern helfen.

Weißt du, von welcher großartigen Frau ich hier spreche? Es ist Mutter Teresa, die mit ihrem Leben einen Unterschied für Hunderttausende Menschen bewirkte. Ihre Treue im Alltag und ihr Hören auf das, was Gott von ihr wollte, veränderte die Welt. Besonders beeindruckend finde ich, dass sie Augenzeugen zufolge eine ganz normale Frau war – so wie du und ich. Eine Mitschwester berichtet über sie:

> Mutter Teresa war immer ganz ungekünstelt und sehr nett. [...] Ich habe sie [...] im Jahre 1929 kennengelernt. Damals hatte sie nichts Besonderes an sich. Sie war einfach ein schlichtes, normales Mädchen. Sehr sanftmütig, voller Froh-

sinn. Hatte an allem, was passierte, ihren Spaß. Zu dieser Zeit gab es nichts, was darauf hindeutete, dass sie Loreto jemals verlassen würde, absolut gar nichts. Wir hätten niemals gedacht, dass sie einmal so viel erreichen würde.[1]

Mutter Teresa lebte ein ganz normales Leben, vermutlich ähnlich wie du und ich. Sie arbeitete in Indien als Lehrerin und ging ihren täglichen Aufgaben nach. Es machte sie zu einer großartigen Frau, dass sie nicht weghörte, als sie Gottes Stimme vernahm, sondern anfing, kleine Schritte der Veränderung zu gehen. Ich kann mir vorstellen, dass sie selbst sich zu diesem Zeitpunkt noch nicht hätte vorstellen können, wie ihr Orden einmal Menschen in der ganzen Welt helfen würde. Sie fing in ihrem Alltag bei sich selbst an und machte kleine Schritte des Glaubens. Gott gab den Rest an Gnade hinzu und ließ aus ihrem Gehorsam Großes entstehen.

Mein Wunsch ist es, dir mit der Lebensgeschichte dieser Frau einen kleinen Einblick in die großartigen Möglichkeiten zu geben, die entstehen, wenn wir treu und gehorsam unseren Alltag leben und auf das leise Einflüstern des Heiligen Geistes hören. So wie Gott Mutter Teresa damals in einzigartiger Weise für eine ganze Welt gebrauchte, möchte er auch dich und mich gebrauchen, einen Unterschied in unserer Generation zu bewirken.

Natürlich sind wir alle keine Mutter Teresas, wohnen nicht in Kalkutta und sind keine Ordensschwestern. Doch Gott hat einen Plan mit jeder von uns und er möchte zu dir persönlich sprechen. Er möchte dir Visionen geben. Er will dir zeigen, in welchem Bereich du als ganz normale Frau einen Unterschied machen kannst, was er durch deinen Alltag verändern kann und was aus deinem Gehorsam Großartiges entstehen kann. Ich wünsche mir und dir, dass wir wieder neu lernen zu träumen und Gottes Träume für unser Leben und das Leben der Menschen um uns herum entdecken.

Jetzt fragst du dich vielleicht: »Und was soll sie sein, die Vision für mein Leben?« Warte ab, gemeinsam werden wir uns auf die Reise machen und auf das leise Säuseln des Heiligen Geistes hören. In diesem Buch möchte ich dich in das Abenteuer Leben entführen, das Gott für dich und mich in einer Zeit wie dieser vorbereitet hat.

Zu gerne würde ich mich dazu mit dir auf einen Kaffee verabreden und mich persönlich mit dir unterhalten. Dich fragen, was dich ausmacht, wo du gerade im Leben stehst, was deine Sorgen und Freuden sind, und einfach mit dir Zeit verbringen. Doch leider geht das nicht so leicht und so lade ich dich ein, dich auf deine Couch zu setzen, dir ein gutes Getränk zu machen, vielleicht eine Kerze anzuzünden und dich gemeinsam mit mir auf die Reise zu machen. Die Reise zu Gott und die Reise zu dir selbst. Mach es dir also gemütlich und lass uns beginnen!

Wie du dieses Buch anwenden kannst

- Persönlich

Immer wieder wirst du in diesem Buch etwas aus meinem oder aus dem Leben anderer Menschen erfahren. Menschen erzählen ihre Geschichten und teilen ihre Erfahrungen. Ich möchte dich einladen, dass auch du dein Herz öffnest, um deine persönliche Geschichte anzuschauen. Entdecke, wie wunderbar Gott dich erschaffen hat, was er in dich hineingelegt hat und was er mit dir persönlich vorhaben könnte.

- Kreativ

Dieses Buch gehört dir. Nimm dir gerne Stifte und ein Notizbuch zur Hand und arbeite damit. Streich Dinge an, mach dir Notizen oder kleine Zeichnungen. Alles, was wir mit mehreren Sinnen aufnehmen, festigt sich in unserem Herzen. Vor allem möchte ich dich ermutigen, dir die Bibelstellen oder Sätze herauszuschreiben, die dein Herz tief treffen. Manchmal schenkt uns Gott kleine Gnadenmomente wie bei Mutter Teresa, indem er durch einen kleinen Satz von Menschen, Situationen oder auch Büchern zu uns spricht. Das sind Highlight-Momente unseres Glaubens. Geh nicht an diesen Momenten vorbei, sondern fange sie ein, indem du dir den konkreten Satz herausschreibst und z. B. an deinen Spiegel oder neben dein Bett klebst. So wirst du immer daran erinnert, was Gott zu dir persönlich sagt.

Echt

Wie schön ist es, wenn Menschen echt zueinander sind. Wie wohltuend und verbindend ist es, wenn Freunde nicht nur ihre Erfolge und guten Momente miteinander teilen, sondern sich auch die harten und herausfordernden Situationen nicht vorenthalten. Wie wunderschön ist es, wenn ein Freund oder eine Freundin auf die Frage: »Wie geht's dir?« nicht sofort mit »gut« antwortet, sondern kurz innehält und sagt, wie es ihm oder ihr wirklich geht.

Du darfst so sein, wie du bist. Denn genauso bist du von Gott geliebt und gewollt. Und so lade ich dich ein, auch bei der Arbeit durch dieses Buch echt zu sein. Du zu sein. Dir selbst zu erlauben, ehrlich zu dir zu sein und dein Sosein auszuhalten und anzunehmen.

Herausfordernd

Was hat dich in deinem Leben wirklich weitergebracht? Was hat dir echt geholfen? Kann es sein, dass das Erkennen von Wahrheit und das Eingestehen von Fehlern dazugehörten? Menschen, die mutig waren und Wahrheit in dein Leben gesprochen haben? Mein Wunsch ist es, dass du und ich durch dieses Buch wachsen. Dass es nicht nur ein netter Begleiter vor dem Einschlafen wird, sondern dass es dir wirklich hilft, ein Leben von Träumen, Visionen und in Heiligkeit zu leben. Deswegen wird es vielleicht auch zu dem Punkt kommen, an dem du dich herausgefordert fühlst. Lass dich drauf ein. Lass dich herausfordern und erkenne, was alles möglich ist in deinem Leben!

Leben mit Vision

Es ist mir so eine Freude, dass du dieses Buch in den Händen hältst, und ich bin sicher, dass es kein Zufall ist! Es ist ein Geschenk für mich und eine große Ehre, dass ich dich ein kleines Stück deines Lebens begleiten darf.

Da dieses Buch sehr persönlich ist und es dir helfen soll, dein Leben zu reflektieren und aus dieser Reflexion gestärkt eine Vision für dein Leben zu entwickeln, möchte ich mich kurz bei dir vorstellen, damit du auch mich etwas besser kennenlernst. Vielleicht kennen wir uns schon von meinem ersten Buch »Rise and Shine«, welches im Jahr 2019 beim SCM Verlag erschienen ist. Oder wir sind uns schon auf Social Media oder meinem Blog über den Weg gelaufen. Vielleicht hast du auch schon einmal mit dem »My Vision Planner« gearbeitet – einem Kalender für junge Frauen, der dir hilft, eine Vision für dein Jahr zu entwickeln und diese im Alltag Schritt für Schritt umzusetzen. Ich freue mich jedenfalls, mit dir in Kontakt zu sein.

Doch wie kam es zu diesem zweiten Buch? Und wie kam es dazu, dass ich den »My Vision Planner« entwickelt habe und dieser seit vier Jahren vielen Frauen und Männern hilft, im Alltag klarer und mit mehr Intention zu leben?

Als mein Mann und ich frisch verheiratet waren, hatte ich mein Bachelorstudium in Recht und Wirtschaft bereits abgeschlossen und arbeitete in der Kirche und in einem Unternehmen. Als auch mein Mann sein Studium beendet hatte, bekam er ein Jobangebot von einem großen Konzern in Italien. Er hatte dort bereits ein Praktikum absolviert, und es hatte ihm viel Spaß gemacht, in diesem Job zu arbeiten. Auch ich genoss das italienische Leben sehr. Über Jahre hatte ich Italienischkurse absolviert und konnte die Basics sprechen. Die Idee, in unseren ersten Ehejahren nach Italien zu gehen, erschien auch mir sehr lukrativ, und es war mir ein großes Anliegen, meinen Mann darin zu unterstützen, sich in seiner beruflichen Laufbahn gerade in den ersten Jahren stark aufzustellen. Uns gegenseitig als Paar zu unterstützen war und ist uns immer noch ein wichtiger Wert in unserer Ehe.

Also ging es im November 2017 mit dem Auto los. Mit unserem Hab und Gut zogen wir in eine kleine Wohnung in der piemontesischen Stadt Turin, wo das Leben laut, aufregend und sehr bunt war. Wir freuten uns auf dieses gemeinsame Abenteuer, merkten aber schon bald, wie herausfordernd das Leben im Ausland war. Um mich voll auf das Abenteuer einzulassen, hatte ich meine beiden Jobs gekündigt, in der Erwartung, auch in Italien bald einen passenden Job zu finden, schließlich sprach ich fließend Englisch, und Italienisch würde ich bestimmt auch bald sprechen.

Doch ganz so einfach war es nicht. Mein Mann war den ganzen Tag in der Arbeit, und als er abends heimkam, war er müde oder in Gedanken beschäftigt mit den neuen Herausforderungen. Ich verbrachte die Tage damit, mir die Wirkungsstätte von Don Bosco anzuschauen, die Heilige Messe zu besuchen, zu lesen, ins italienische Leben einzusteigen – oder mich zu langweilen. Dann fand ich endlich einen Job, doch der brachte mich zwar unter Leute, aber ich hätte meine Kunden überreden, bedrängen oder anlügen sollen. Dies wollte ich auf keinen Fall, und so kündigte ich auch bald schon hier.

Viele Fragen in Italien

In dieser Zeit fragte ich mich immer wieder: Warum war ich hier? Was hatte Gott vor? Bevor wir nach Italien gegangen waren, hatten wir ganz klar Gottes Stimme gehört, dass wir dies tun sollten. Wir hatten das Gefühl, das war der nächste Schritt, den Gott von uns erwartete. Doch warum war es dann so schwer? Auch schon in Deutschland hatte ich mir immer wieder die Fragen gestellt: Wozu bin ich berufen? Was für einen Auftrag hat Gott für mein Leben? Wozu möchte er all die Dinge verwenden, die ich bereits erfahren habe, wie ich aufgewachsen bin und was er mich gelehrt hatte? Welchen großen Plan hat er mit mir? Wenn ich von einem großen Plan spreche, dann meine ich damit nicht einen großen Plan, der die ganze Welt verändert, sondern eher eine Berufung, die auf meinem Leben liegt. Eine Gebrauchsanweisung, wie ich durch meinen kleinen Alltag einen großen Unterschied im Kleinen machen kann. Ich stelle mir das so vor, dass Gott mich und auch dich erschaffen hat, mit wunderbaren Fähigkeiten, Stärken und Schwächen. Er hat uns durch unsere Familie, unsere Prägungen, die Erfahrungen, die wir gemacht haben, und unsere Vorlieben wunderbare Fähigkeiten gegeben, um im Kleinen einen Unterschied zu machen. Danach sehnte ich mich schon lange. Durch meinen kleinen Beitrag – einfach durch mein Sein – einen Unterschied machen. Ich wünschte mir, einen Platz im Leben zu finden, an dem meine Stärken wunderbar eingesetzt werden können und ich durch mein Sein Gottes Reich auf dieser Welt in kleinen Schritten vergrößern könnte.

Aber weder in der Schule noch im Studium noch in der Arbeit – und schon gar nicht in Italien, wo ich meine Tage viel im Gebet und in Gedanken auf meiner grauen Couch verbrachte, erkannte ich, wo genau dieser Ort sein könnte.

Kennst du das auch? Du beginnst vielleicht eine Ausbildung oder ein Studium in der Hoffnung, dass dir diese Tätigkeit einmal gefallen wird. Dann merkst du aber, dass dieser Platz doch nicht wie für dich gemacht ist. Schon als Schülerin beneidete ich meine Klassenkameradinnen und -kameraden, die sich zu hundert Prozent sicher waren, dass sie einmal Ärztin oder Arzt, Anwältin oder Anwalt werden wollten. Ich beneidete sie um dieses Wissen und diese Vision, weil dieser innere Plan ihnen eine besondere Motivation gab. Meist sind es nur ein paar wenige, die genau wissen, was genau sie im Leben erreichen wollen. Doch mir scheint, dass gerade diese Personen besonders zielstrebig sind. Ihnen fällt es leichter, sich zum Lernen hinzusetzen, weil sie wissen, dass sie gute Noten bekommen, um später einmal für ein Medizinstudium zugelassen zu werden.

Doch ich gehörte nie zu dieser Art Menschen. Wie schön wäre es gewesen, wenn mir jemand – am besten Gott – eine Gebrauchsanweisung für mein Leben gegeben hätte, in der genau festgehalten war, was ich konnte und was ich nicht konnte. Welche Stärken und Schwächen ich habe, was ich studieren sollte und welche Arbeitsstelle mir liegen würde. Stattdessen ging ich zur Berufsberatung im Arbeitsamt, bei der mich eine mir wildfremde Person in 45 Minuten aufklären wollte, was für ein Studiengang für mich passen könnte. Ich las mir stundenlang im Internet alle möglichen Studienbeschreibungen durch, quetschte andere aus, die schon mit dem Studium begonnen hatten, und zog dann tatsächlich an einen der Studienorte, um das Studium auszuprobieren und mir zu überlegen, wie es später in der Berufswelt einmal aussehen könnte. Mit der Realität hatte dieses Ausprobieren allerdings wenig zu tun.

Wie geht Leben?

Geht es dir vielleicht auch manchmal so? Hättest du auch gerne eine konkretere Gebrauchsanweisung und findest du es auch manchmal mühsam herauszufinden, welche nächsten Schritte für dich die richtigen sind und welche Wege du einschlagen möchtest? Vielleicht hattest du auch schon einen Weg eingeschlagen und merkst jetzt aber, dass du die klare Sicht verlierst? Vielleicht steht du in einer neuen Lebensphase und wünschst dir wieder neue Orientierung, wohin es in deinem Leben gehen kann. Oder du möchtest dein Leben einfach nur etwas strukturieren und erkennen, was dir wichtig ist und worin deine Prioritäten liegen. Es gibt im Leben immer wieder einmal Phasen, in denen wir uns neu orientieren dürfen und um Klarheit für unser Leben ringen dürfen, um mit neuer Vision und Motivation durch den Alltag gehen zu können.

Eine Vision zu haben und zu wissen, wofür wir leben und arbeiten, setzt enorme Ressourcen frei und macht das Leben zwar anstrengender, aber gleichzeitig auch einfacher, weil wir uns dann nicht so viel fragen müssen, wohin es überhaupt geht.

Um es vorneweg zu sagen: Dieses Buch ist auch keine Gebrauchsanweisung für dein Leben. Es ist kein »Tu das und alles wird gut«-Buch. Aber es kann dir helfen zu erkennen, wer du bist, was Gott in dich hineingelegt hat, und es hilft dir vielleicht, das leise Säuseln des Heiligen Geistes wahrzunehmen, das dir einflüstert, welcher Schritt der nächste wichtige und richtige für dich ist, um so an der Hand Gottes und geführt durch seine Gnade durchs Leben zu gehen.

Das Leben ist kein Ponyhof und funktioniert auch nicht nach Gebrauchsanweisung. Wo wir uns vielleicht manchmal einen geraden Weg ohne Hindernisse wünschen, traut Gott uns zu, Umwege zu machen, den Weg nicht mehr klar zu sehen und auf Sicht zu fahren. Er traut uns zu, Zeiten der Dürre und Wüste durchzumachen, in denen manche Themen sich als unlösbare Probleme darstellen, damit wir gestärkt und fest im Glauben stehen. Diese Zeiten sind eine große Chance und eine einmalige Gelegenheit, uns selbst und den wunderbaren Charakter Gottes immer besser kennenzulernen und so immer mehr zu den Personen zu werden, als die Gott uns gedacht hat.

Und diese Erfahrung durfte ich in den ersten Wochen und Monaten in Italien auch ganz intensiv machen. Mein Mann und ich verbrachten viele Stunden im Gespräch. Heute lachen wir darüber, wenn wir zurückdenken und uns daran erinnern, was wir alles für Ideen für mich und mein Leben hatten. Intensiv verbrachte ich die Zeit damit, ins Gebet zu gehen und Gott zu fragen: Wer bin ich in deinen Augen? Was hast du für mich vor? Was möchtest du von mir und für mich? Wie sieht das Leben in Fülle, das du denen versprochen hast, die dich lieben, für mich persönlich aus? Ich fing an, mich viel mit dem Thema »Vision« auseinanderzusetzen, kaufte mir diverse Bücher zu diesem Thema und setzte mich stundenlang in Cafés und ging in einen tiefen inneren Prozess mit Gott und mit mir. Immer klarer entwickelte ich dann ein Bild, wie ich mir wünschte, dass mein Leben aussehen sollte. Ich erkannte, dass ich nur ein Leben habe und dass ich mit unter 30 Jahren die Chance hatte, es so zu gestalten, dass ich mit 80 Jahren darauf zurückblicken und sagen kann: Ich habe mein Bestes gegeben. Ich habe meine Talente richtig eingesetzt und bin mutig Jesus nachgefolgt. Ich habe mich nicht von Angst oder von den Umständen treiben lassen, sondern habe mein Leben proaktiv gelebt.

In diesem Prozess habe ich herausgefunden, dass es meinem Leben Sinn gibt, wenn ich andere Menschen ermutige. Passend dazu empfing ich in dieser Zeit den Ruf, meine Erkenntnisse auch in den sozialen Netzwerken mutig zu teilen. Am Anfang kostete mich dies alles an Überwindung. Alles in mir wollte sich sträuben, diesen Weg zu gehen, doch Gott klopfte immer wieder an mein Herz, und so fing ich an einen Blog zu schreiben und auf Instagram tätig zu sein. Auf einmal sprudelte es in mir von Ideen und Träumen. Die meisten davon behielt ich in meinem Herzen oder teilte sie maximal mit meinem Mann. Ein wenig später rief mich meine Schwester an und erzählte mir, sie habe davon geträumt, ich würde ein Buch schreiben. Mir fiel die Kinnlade herunter. So etwas war mir noch nie passiert. Genau dies war einer der Träume, die ich in meinem Herzen hatte! Ich hätte mich nie getraut, diesen Traum mit jemand anderem als meinem Mann zu teilen – und nun rief mich meine Schwester an und sprach genau davon!

Diese Begegnung war der Auslöser für vieles. Ich wusste genau, worum es in diesem Buch gehen würde: Es sollte junge Frauen in ihrer Identität bestärken und dabei auch das Thema »Liebe« abdecken.

Lange Zeit beschäftigte mich das Thema »Warten bis zur Ehe«. Bis dahin hatte ich ungefähr alle Bücher gelesen, die zu diesem Thema auf Deutsch oder Englisch auf dem Markt waren, Konferenzen besucht und selbst Jugendlichen von diesem Weg erzählt. Immer mehr erkannte ich, wie dies der Schlüssel zu einer erfüllten und gottesfürchtigen Ehe ist und wie radikal anders dieser Weg ist im Vergleich zu dem, den die Welt vorschlägt. In mir wuchs der Wunsch, ein Buch über dieses Thema für Mädchen und junge Frauen zu schreiben.

Unsicher, doch mit einer klaren Vision vor Augen fing ich an, am Buch »Rise and Shine« zu schreiben. Stunden verbrachte ich mit der Recherche zum Buch und dem Schreiben – ohne zu wissen, ob etwas daraus werden würde. Als ich über Instagram eine Autorin kennenlernte, riet diese mir, meine Idee doch einmal beim SCM Verlag einzureichen, und siehe da: Der Verlag war begeistert von meiner Idee und wollte das Buch verlegen. WOW! Was für eine Überraschung. Die kleine Idee, der kleine Traum und der kleine Same, den Gott in mein Herz gelegt hatte, sollte tatsächlich Wirklichkeit werden.

Heute staune ich nur so darüber, was für Früchte aus dieser Zeit des Ringens damals in Italien entstanden sind. Mich mit mir selbst auseinanderzusetzen und im Gebet mit Gott eine Vision zu entwickeln, setzte so viel frei, was ich mir nie hätte vorstellen können. Es blieb nicht nur beim Buch. Hinzu kamen der »My Vision Planner« (mehr dazu auf www.christinawalch.com) und alles, was mit einer Selbstständigkeit zusammenhängt. Jedes Jahr staune ich über die Rückmeldungen und die Klarheit, die Frauen durch den »My Vision Planner« für sich und ihr Leben erhalten. Außerdem habe ich den »Mama Online Kongress« initiiert – ein Kongress für Mütter, bei dem Mamas für ihren Alltag gestärkt werden und neue Kraft und Vision für ihr Familienleben bekommen durch authentische Vorträge von anderen Müttern und Experten. (Mehr Infos findest du auf www.dermamakongress.com)

Nachdem ich also durch den Prozess der Visionsfindung gegangen war und die Früchte erkannt habe, die aus diesem Prozess entstanden waren, entdeckte ich, wie sehr auch andere Menschen sich nach mehr Vision für ihr Leben sehnen. Die Welt ist voll von Möglichkeiten. Wenn du zwischen 15 und 35 Jahren alt bist, dann steht dir die Welt offen. Du kannst dich frei entscheiden: was du lernen, studieren, worin du dich ausbilden lassen willst, welche Arbeit du verrichten möchtest, wie viel Geld du verdienen möchtest und wie und wo du leben möchtest. Für längere Zeit im Ausland zu leben, ist für junge Menschen heutzutage selbstverständlich. All dies vergrößert aber auch das Angebot an Möglichkeiten, und je mehr Möglichkeiten wir haben, desto mehr Entscheidungen müssen wir treffen. Unser Leben ist voll davon, grundlegende Entscheidungen zu treffen – das kann ziemlich anstrengend sein!

Mein Wunsch ist es, dir mit diesem Buch und dem »My Vision Planner« (als deine Begleitung in Kalenderform) ein wichtiges Werkzeug an die Hand zu geben, um dich durch all die Entscheidungen in deinem Alltag zu führen. Schritt für Schritt wirst du erkennen, was dir wirklich wichtig ist in deinem Leben und worauf du jetzt gerade deine Prioritäten setzen möchtest. Wir werden gemeinsam erarbeiten, was die nächsten kleinen Schritte heute sind, die deinen Alltag mit Sinn erfüllen und dich zu einer Vision bringen, die dir entspricht. Ich wünsche dir, dass du durch dieses Buch neu entdeckst, was mit Gott alles möglich ist und wie sehr er es liebt, mit dir gemeinsame Sache zu machen.

Vielleicht willst du etwas an deinem Leben verändern. Vielleicht spürst du, dass dein Leben noch mehr zu bieten hat. Vielleicht vernimmst du einen Drang in dir, einen Unterschied zu machen auf dieser Welt und etwas zu verändern. Vielleicht weißt du nicht, wo du beginnen sollst, und zu viele oder zu wenig Möglichkeiten über- oder unterfordern dich. Vielleicht fragst du dich nach den langen Jahren der Pandemie, was wirklich wichtig ist im Leben und wie du das erreichen kannst?

Der Weg zu deiner Vision

Dieses Buch ist genau für dich, wenn du Verantwortung für dein Leben übernehmen willst. Es ist für dich, wenn du richtig Lust hast, deine Berufung zu erkennen oder deinen Alltag sinnerfüllt zu leben. Es ist für dich, wenn du deine Prioritäten anschauen möchtest und eine Vision entwickeln willst, die dich antreibt. Hier machen wir uns gemeinsam auf den Weg, deine Vision zu finden. Wir entdecken, was Gott in dich hineingelegt hat und wie du deine Gaben, Talente und Fähigkeiten im Alltag ausleben kannst, ohne dich zu überfordern.

Als Christinnen und Christen ist es unsere Urberufung, anderen Menschen zu dienen, aufs Wasser zu gehen und Wunder zu sehen. Als ich angefangen habe, immer mehr dieses Leben als Christin zu leben, war ich erstaunt, wie viel Freude und Abenteuer in diesem Lebensstil steckt. Es hat mich total überrascht, wie sehr Gott es liebt, wenn ich in seinem Willen wandle, meine Berufung und seine Vision für mein Leben erkenne und diese im Alltag auslebe. Auf einmal habe ich Gottes Stimme gehört wie nie zuvor. Auf einmal haben Wunder meinen Alltag begleitet und ich bin aus dem Staunen nicht mehr herausgekommen.

Wo ich mir früher gewünscht habe, dass Gott mir doch seine Wege für mich zeigen möge, habe ich durch die Methoden, die ich dir in diesem Buch vorstelle, schwarz auf weiß erkannt, was sein Wille ist, und indem ich in diesem Willen gewandelt bin, war und ist er als mein Partner an meiner Seite und leitet mich, spricht zu mir und führt mich auf Wege, von denen ich mir nie erträumt hatte, dass sie möglich wären.

In Psalm 61 lesen wir, wie der Psalmist von seiner Sehnsucht schreibt, auf einen Felsen zu steigen, der ihm eigentlich zu hoch ist: »Höre doch, Gott, meinen Schrei, achte doch auf mein Bittgebet!

Vom Ende der Erde rufe ich zu dir; denn mein Herz ist verzagt. Führe mich auf den Felsen, der mir zu hoch ist!« (Psalm 61,2-3; EIN). Kennst du diese Sehnsucht? Spürst du in deinem Inneren den Wunsch, ja den Drang danach, auf einen Felsen zu steigen, den du selbst nicht erklimmen kannst? Auf einen Felsen, der dir eigentlich zu hoch ist? Einen Weg zu gehen, bei dem du die Hand Gottes fest umschlossen halten musst und den du mit deiner eigenen Kraft nicht erklimmen kannst?

Seit ich Jugendliche bin, begleitet mich ein besonderes Zitat von Johannes Paul II.:

> Es ist Jesus, den ihr sucht, wenn ihr vom Glück träumt; Er ist es, der auf euch wartet, wenn euch nichts von dem zufriedenstellt, was ihr vorfindet; Er ist die Schönheit, die euch so anzieht; Er ist es, der euch provoziert mit jenem Durst nach Radikalität, der euch keine Anpassung an den Kompromiss erlaubt; Er ist es, der euch dazu drängt, die Masken abzulegen, die das Leben verfälschen; Er ist es, der in euren Herzen die wahreren Entscheidungen herausliest, die andere am liebsten ersticken würden. Jesus ist es, der in euch etwas entfacht: die Sehnsucht, aus eurem Leben etwas Großes zu machen; den Willen, einem Ideal zu folgen; die Ablehnung, euch von der Mittelmäßigkeit verschlingen zu lassen; den Mut, euch in Demut und Treue darum zu mühen, euch selbst und die Gesellschaft besser zu machen, damit sie menschlicher und geschwisterlicher werde.[2]

Spürst du sie auch, diese Sehnsucht, aus deinem Leben etwas Großes zu machen?

Kennst du das ungute Gefühl in dir, dass das, was du vorfindest, für dich nicht zufriedenstellend ist? Spürst du, wie Schönheit dich anzieht, und schmeckst du den Durst nach Radikalität in deinem Leben, dass du keine Lust hast, dich mit Kompromissen zufriedenzugeben? Spürst du den Drang nach Echtheit, einem echten Leben? Heute möchte ich dir zurufen: Diese Sehnsucht ist etwas Wunderschönes, denn sie kommt von Gott! Er hat sie dir in dein Herz gelegt. Es ist so gut und so wunderschön, dass du diesen Wunsch in deinem Herzen trägst. Lass ihn dir nicht nehmen!

Auch wenn du vielleicht noch keine Ahnung hast, wohin mit all deinen Wünschen und Sehnsüchten. Auch wenn du noch nicht erkennst, wie die Umsetzung in deinem Leben genau aussehen kann, so möchte ich dir heute zurufen: Behalte dir diesen Schatz! Hüte ihn in deinem Herzen! Gemeinsam wollen wir entdecken, wie du ihn in dein Leben integrieren kannst. In Jesus finden wir Antworten auf all diese Fragen. In ihm finden wir das pure Leben ohne Masken. Er zeigt uns die Berufung, die der Vater für dich und mich von Anfang an gedacht hatte. In ihm finden wir alles und viel mehr als das, was wir suchen.

Diese Sehnsucht, von der Johannes Paul II. spricht, kann zeitweise zermürbend sein. Sie kann Kraft rauben und uns zur Verzweiflung führen. Doch wenn wir sie auf Jesus ausrichten, zerfrisst uns diese Sehnsucht nicht, sondern kann wie ein Bogen sein, der den Pfeil aufzieht, damit er weit fliegen kann und die Zielscheibe trifft. Ein Bogen muss gut gespannt sein, um ins Ziel zu kommen. Unsere Sehnsucht kann genau dies bewirken – uns zum letzten Ziel, dem Himmel, katapultieren.

Im Schneckentempo ans Ziel

In diesem Buch geht es weniger darum, schneller, besser oder erfolgreicher zu werden. Hier bekommst du keine Anleitung, wie du deinen Terminplan optimieren kannst und etwas findest, das dir Erfolg bringt. Hier geht es auch nicht darum, wie du dich selbst verwirklichen kannst. Stattdessen wollen wir uns in diesem Buch gemeinsam auf die Reise zu deiner Berufung machen. Wir wollen entdecken, wie nicht du selbst, sondern Gott in dir Wunder tut. Wir wollen erleben, wie dein Umfeld sich verändert, indem du dich veränderst.

Doch die wirklichen Veränderungen finden nicht über Nacht statt. Eine Kathedrale wird nicht über Nacht gebaut. Die Dinge, auf die es wirklich ankommt, entwickeln sich Stück für Stück. Schritt für Schritt. Tag für Tag. Manchmal kann man sogar nicht einmal mehr sagen, wann es genau begonnen hat. Die von Gott gegebene Berufung leben heißt, den richtigen Weg zu erkennen und ihn jeden Tag Schritt für Schritt in Treue zu gehen. Es bedeutet, die richtigen Weichen zu stellen und die Dinge zu tun, die wirklich wichtig sind im Leben. Die, die am Ende des Lebens noch zählen.

Berufung leben heißt, den heutigen Tag mit all seinen Freuden und Mühen zu umarmen und aktiv einen Schritt nach dem anderen zu gehen.

Hier kommt es nicht darauf an, was du vorzuweisen hast, wer du gerne wärst oder was du gerne besitzen würdest. Vielmehr möchten wir uns auf eine Reise begeben, wie wir ein Abbild Gottes in dieser Welt sein können, dort wo wir heute stehen, die richtigen Weichen zu stellen und bei den richtigen Kreuzungen abzubiegen. Lass uns eher Schnecken sein als Hasen.

Während eine Schnecke sich langsam vorwärtsbewegt und du ihrer Bewegung ruhig zusehen kannst, ist ein Hase richtig gut darin, Haken zu schlagen. Schaust du einem Hasen zu, wie er sich in freier Wildbahn bewegt, so ist es um einiges anstrengender, ihm bei der Fortbewegung zuzusehen als der Schnecke. Der Hase schlägt Haken, er hüpft und springt von einer Seite zur nächsten, als wüsste er nicht, wohin er will.

Deine Berufung zu kennen, bringt Ruhe und Frieden in dein Leben. Du hast nicht mehr das Bedürfnis, bei allem dabei zu sein, alles auszuprobieren oder jedem Angebot nachzugehen. Wenn du weißt, wozu du erschaffen wurdest, wirst du zu einer Schnecke, die ihr Ziel kennt und dieses ruhig, aber beharrlich erreicht. Es ist einer meiner schönsten Schätze im Leben, dass ich meine Berufung erkennen und ausleben darf. Bist du bereit, deine Berufung zu entdecken?

I. LASS DEIN LICHT LEUCHTEN

1. Frau sein

Bevor wir uns mit deiner konkreten Lebensvision beschäftigen, schauen wir uns zunächst an, wer du bist. Gott hat dich als Frau erschaffen, was für ein Geschenk! In der Bibel heißt es in Genesis 1,27: »So schuf Gott die Menschen nach seinem Bild, nach dem Bild Gottes schuf er sie, als Mann und Frau schuf er sie.« Gott hat sich etwas dabei gedacht, dass er uns als Mann und Frau unterschiedlich gemacht hat. Es gehört zu seinem Plan des Heils für unser Leben, dass wir Frau sind und als Frauen anders als Männer. Beide sind wir ganz unabhängig voneinander Abbilder Gottes.

Wie großartig ein Frauenkörper und Geist eigentlich ist, habe ich am eigenen Leib erkennen dürfen, als ich zum ersten Mal Mama wurde. Früher empfand ich die Periode und alles, was dazugehört, eher als mühsam. Dann aber in der Schwangerschaft und bei der Geburt meiner Tochter kam ich aus dem Staunen nicht mehr darüber heraus, wie wunderbar mein Körper ist! Ohne dass ich irgendetwas dazu tun könnte, ist er in der Lage, einen neuen kleinen Menschen entwickeln zu lassen, zu gebären und schließlich sowohl emotional als auch körperlich zu nähren. Gott hat wirklich ein Wunder in uns Frauen geschaffen.

Auch sonst genieße ich es, eine Frau zu sein. Ich schminke mich gerne, trage gerne schöne Kleider und mache mich hübsch. Gleichzeitig bin ich aber auch superzielstrebig und kann gut linear denken – Eigenschaften, die oft eher Männern zugeschrieben werden. Diese Stärke hat mir vor allem im Studium und später in der Arbeit sehr weitergeholfen. Ohne es zu merken, baute ich diese Stärke weiter aus. Ich bemühte mich, die Starke zu sein und mitzuhalten – womit, wusste ich eigentlich auch nicht so recht. In den letzten Jahren erkannte ich, dass ich als Frau stark sein kann, aber eben auch schwach sein darf. Meine Schwäche ist meine Stärke. Es mir einzugestehen, dass ich emotionaler bin, mir manchmal einfach alles zu viel wird, ich weine und mein Körper auch weich und an manchen Stellen wabbelig sein darf, hat mir eine große Freiheit und neue Freude geschenkt. Ich darf mich zurückziehen, wenn ich meine Tage habe, und mich verstecken, kurz bevor es losgeht. Das ist okay und es ist sogar gut so. Weil mein Frausein gut ist.

Gerade wenn du jung bist, möchte ich dich ermutigen, ganz Ja zu deiner Weiblichkeit zu sagen. Du brauchst nicht höher, schneller, weiter zu gehen. Diese Fähigkeiten mögen vielleicht in der Gesellschaft mehr zählen, aber bei Gott zählst du, so wie du bist – mit all deinen Stärken und Schwächen, die deine Persönlichkeit und dein Frausein mit sich bringen. Ich will meine weiblichen Eigenschaften nicht unter den Tisch kehren, sondern sie voller Selbstbewusstsein leben, denn Liebe, Empathie, Schönheit und Nähe ist das, was unsere Welt so sehr braucht und dadurch verändert werden kann. Machst du mit? Gott hat uns als Frauen so wunderbar vielfältig erschaffen. Wie genial ist es, dass wir einen Menschen in unserem Körper tragen und ihn ernähren können? Dass in uns eine unsterbliche Seele heranwachsen kann!

Wie wunderbar hat Gott uns Frauen erschaffen, dass wir Menschen aufbauen, stärken, ermutigen, verstehen und unterstützen können?

Lass mich den großen Schatz, der in dir als Frau liegt, in Form eines Dankes von Johannes Paul II. an dich übermitteln:

> Der Dank an den Herrn für seinen Plan bezüglich der Berufung und Sendung der Frau in der Welt wird auch zu einem konkreten und unmittelbaren Dank an die Frauen, an jede Frau, für das, was sie im Leben der Menschheit darstellt.
> Dank sei dir, Frau als Mutter, die du dich in der Freude und im Schmerz einer einzigartigen Erfahrung zum Mutterschoß des Menschen machst, die du für das Kind, das zur Welt kommt, zum Lächeln Gottes wirst, die du seine ersten Schritte lenkst, es bei seinem Heranwachsen betreust und zum Bezugspunkt auf seinem weiteren Lebensweg wirst.
> Dank sei dir, Frau als Braut, die du dein Schicksal unwiderruflich an das eines Mannes bindest, in einer Beziehung gegenseitiger Hingabe im Dienst an der Gemeinsamkeit und am Leben.
> Dank sei dir, Frau als Tochter und Frau als Schwester, die du in die engere Familie und dann in das gesamte Leben der Gesellschaft den Reichtum deiner Sensibilität, deiner intuitiven Wahrnehmung, deiner Selbstlosigkeit und deiner Beständigkeit einbringst.
> Dank sei dir, berufstätige Frau, die du dich in allen Bereichen des sozialen, wirtschaftlichen, kulturellen, künstlerischen und politischen Lebens engagierst, für deinen unverzichtbaren Beitrag zum Aufbau einer Kultur, die Vernunft und Gefühl zu verbinden vermag, zu einem Verständnis vom Leben, das stets offen ist für den Sinn des ›Geheimnisses‹, zur Errich-

tung wirtschaftlicher und politischer Strukturen, die mehr Menschlichkeit aufweisen.

Dank sei dir, Frau im Ordensstand, die du dich nach dem Vorbild der größten aller Frauen, der Mutter Christi, des fleischgewordenen Wortes, in Fügsamkeit und Treue der Gottesliebe öffnest und so der Kirche und der ganzen Menschheit hilfst, Gott gegenüber eine ›bräutliche‹ Antwort zu leben, die auf wunderbare Weise Ausdruck der Gemeinschaft ist, die er zu seinem Geschöpf herstellen will.

Dank sei dir, Frau, dafür, dass du Frau bist! Durch die deinem Wesen als Frau eigene Wahrnehmungsfähigkeit bereicherst du das Verständnis der Welt und trägst zur vollen Wahrheit der menschlichen Beziehungen bei.

Mit einem Dank ist es nicht getan, das weiß ich. Wir sind leider Erben einer Geschichte enormer Konditionierungen, die zu allen Zeiten und an jedem Ort den Weg der Frau erschwert haben, die in ihrer Würde verkannt, in ihren Vorzügen entstellt, oft ausgegrenzt und sogar versklavt wurde. Das hat sie daran gehindert, wirklich sie selbst zu sein, und hat die ganze Menschheit um echte geistige Reichtümer gebracht.[3]

Bei den Worten von Johannes Paul II. wird mir bewusst, was ich als freie Frau für einen Auftrag habe: die Gesellschaft durch meine individuellen weiblichen Fähigkeiten geistig reicher zu machen. Bist du bereit mitzumachen?

ACTION STEP

Heute möchte ich dich herausfordern, einmal zu reflektieren: Wie geht es dir mit deinem Frausein?
Was magst du an dir als Frau? Welche der weiblichen Eigenschaften, die oben vorgestellt wurden, treffen auf dich zu?

Welche weiblichen Eigenschaften würdest du gerne ausbauen?

Was fällt dir an deinem Frausein schwer? Vielleicht die Tatsache, dass du jeden Monat deine Tage bekommst oder du emotional wirst?

Wenn du ehrlich auf dich selbst blickst: Gibt es Bereiche, in denen du, ohne es zu wollen oder unbewusst, eine männliche Eigenschaft übernommen hast? Wenn ja, in welchen?

Wie geht es dir mit dieser Eigenschaft? Passt sie wirklich zu dir?

Wie kannst du diese Eigenschaft mehr in dein Frausein integrieren?

2. Leben in Freiheit

Bevor ich meinen Mann kennenlernte, hatte ich viele Jahre keinen Freund. Diese Tatsache nagte an mir und meinem Selbstwert. Ich fühlte mich oft nicht schön genug, einsam und nicht begehrenswert. Ich erinnere mich noch genau an eine Situation, in der ich meinem Vater all das erzählte, wie es mir ging. Es sprudelte nur so aus mir heraus und ich brach in Tränen aus. Als ich fertig war, sah er mich liebevoll an und sagte mir voller Überzeugung, dass er daran glaubte, dass ich einmal einen tollen Ehemann finden werde. Seine Hoffnung und sein Zuspruch in mir veränderte alles. Ich bekam eine neue Freiheit für meinen Alltag und mein Leben. Auch heute noch schenkt die Beziehung zu meinem Vater mir immer wieder Freiheit. Sein Zuspruch, sein Zuhören und die Tatsache, dass er hinter mir steht, geben mir immer wieder viel Kraft und Mut, meinen Weg zu gehen und auf Gottes Ruf zu hören.

Vielleicht ist die Beziehung zu deinem leiblichen Vater eher schwierig oder vorbelastet. Lass mich dir eines sagen: Du hast einen Vater im Himmel, der dich tausendmal mehr liebt, als der beste Vater auf Erden es je könnte. Das ist dein Schlüssel zur Freiheit!

Wenn ich an einige großartige Frauen denke, dann bin ich mir sicher, dass Gott vor allem Großes durch sie tun konnte, weil sie wussten, dass sie Töchter Gottes sind. Das Wissen darum, einen Vater im Himmel zu haben, hat sie völlig befreit, und erst aus dieser Freiheit heraus konnten sie gewohnte Wege verlassen und ihren individuellen Weg mit Gott einschlagen. Joyce Meyer zum Beispiel wurde als Kind misshandelt und hatte eine harte Vergangenheit – doch ihre Verletzungen hielten sie nicht davon ab, ein großartiges weltweites Ministry aufzubauen. Mutter Teresa verließ ihren Orden und ließ das Gewohnte hinter sich, um ein weltweites Hilfswerk zu gründen. Ich kann mir gut vorstellen, dass einige Stimmen sie für verrückt erklärten. Maria sagte Ja zu dem Engel, der sie in Gottes Auftrag fragte, ob sie ohne Geschlechtsverkehr den Sohn Gottes als Kind empfangen würde. Was für eine Freiheit tragen diese Frauen in sich! Sie ließen die Wissenschaft, alte Verletzungen und kritische Stimmen aus ihrem Umfeld hinter sich, um in voller Freiheit Ja zu Gott zu sagen.

Frei leben wir, wenn wir wissen, wer wir sind und vor allem wer unseren Wert bestimmt. Weißt du, dass du einen Vater im Himmel hast, der immer hinter dir steht? Der dich anfeuert und dir zujubelt: »That's my girl!« Der Gott, der Himmel und Erde erschaffen hat, ist auch dein Vater. Derselbe Gott, der Meere, Berge, Seen, Wiesen und alles Sein auf der Welt in seiner Überfülle erschaffen hat, ist auch dein Schöpfer und er liebt dich mehr, als jeder Vater auf der Erde es je tun könnte.

Du bist eine Tochter Gottes und als diese stehst du in einer großartigen Freiheit und Gnade.

Nichts in der Welt kann dich als Christin von der Liebe deines Vaters trennen. Ist das nicht wunderbar? In Lukas 11,13 heißt es: »Wenn aber selbst ihr sündigen Menschen wisst, wie ihr euren Kindern Gutes tun könnt, wie viel eher wird euer Vater im Himmel denen, die ihn bitten, den Heiligen Geist schenken.« Doch wie kannst du als Frau in diese Freiheit eintreten, die es Frauen wie Joyce Meyer oder Mutter Teresa ermöglicht, Dinge zu tun, die nicht von dieser Welt sind?

- Wisse, wer dir deinen Wert gibt

Dazu ist es hilfreich, wenn du dir zunächst folgende Fragen stellst: Wer definiert dich und wer darf über deinen Wert entscheiden? Ist es deine Chefin oder dein Chef, deine Kolleginnen und Kollegen, deine Freundinnen und Freunde, deine Eltern oder manchmal ein Mix aus vielen? Oder ist es eher deine Leistung, die Anerkennung von anderen, deine Erfolge oder dein Streben nach Perfektion in einem gewissen Bereich? Das Problem ist: Wenn diese Bereiche wegfallen, kann auch der Wert wegfallen, den du dir versucht hast über diese Götzen zu schaffen. Von dem Moment an, in dem du im Bauch deiner Mutter erschaffen wurdest, hat Gott dir eine Würde geschenkt, die dir niemand nehmen kann und die unabhängig von all den oberen Punkten ist. Lerne dich in dieser zu gründen und sie zu deiner Wurzel zu machen, indem du eine persönliche Beziehung zu deinem Vater im Himmel aufbaust. Erzähle ihm deine Sorgen und Nöte und lass ihn teilhaben an dem, was dich beschäftigt. Bitte ihn, dir zu zeigen, wer du in seinen Augen bist, und du wirst staunen, was er über dich denkt und wie sehr er über dich jubelt.

- Kenne dich, deine Gefühle und deine Grenzen

In Freiheit zu leben bedeutet auch, deine Grenzen und Gefühle zu kennen und innerhalb dieser zu handeln. Du kannst nur geben, was du selbst empfangen hast, und musst nicht über deine Grenzen hinweg geben. Mir geht es manchmal so, dass ich nicht mit vollem Herzen dabei sein kann, wenn ich etwas tue, obwohl es für mich eigentlich nicht passt. Dann fehlt mir die volle Motivation, die Freude und die Gelassenheit und es wäre klug gewesen, nach einer anderen Lösung zu suchen.

Ähnlich verhält es sich, wenn ich über meine Gefühle hinweg handle. Wenn ich sage, dass es mir gut geht, obwohl es mir eigentlich nicht gut geht. Wenn ich müde bin und trotzdem abends was mit Freunden ausmache. Zu mir und meinen Gefühlen zu stehen, sie zu kennen und auch anderen gegenüber auszusprechen, bereichert nicht nur mich, weil ich ehrlich zu mir selbst bin, sondern auch andere.

- Lebe für den Applaus des Himmels und nicht der Menschen

Du kannst erst in Gottes Berufung für dich eintreten, wenn du nicht auf das hörst, was Menschen über dich sagen (könnten), sondern auf das, was Gott über dich sagt. Meine beruflichen Stärken konnte ich erst erkennen, als ich mich nicht mehr mit meinen Studienkolleginnen und -kollegen verglich, sondern auf Gott hörte. Verschiedene Menschen haben verschiedene Meinungen, und so denken deine Klassenkameraden in die eine Richtung, die Freunde aus deiner Gemeinde in die andere und deine Arbeitskollegen noch mal anders. Über Jahre habe ich keinen Blog gestartet, weil ich mir immer wieder gedacht habe: »Was würden meine Arbeitskollegen und -kolleginnen denken?« Als ich die Arbeit gewechselt hatte, dachte ich mir: »Was würden die neuen Arbeitskollegen und -kolleginnen denken?« Über Jahre schob ich den Start des Blogs auf die lange Bank, weil ich immer Angst hatte vor dem, was andere über mich dachten. Erst als ich mich konkret entscheid, mir darüber keine Gedanken zu machen, startete ich den Blog, darauf ein Buch und ein Unternehmen. Lerne deinen Wert und dein Tun unabhängig von der Meinung der Menschen um dich herum zu machen und in Absprache mit deinen Mentoren mutig Gottes Schritte zu gehen. (Damit möchte ich nicht sagen, dass ein guter Rat von nahen Menschen nicht superwichtig ist.)

Lerne zu sein

Kannst du dich an das letzte Mal erinnern, als du den Wolken beim Vorbeiziehen zugesehen hast? Oder erinnerst du dich daran, wann du das letzte Mal unter einem großen Baum gestanden und nach oben in seine Wipfel gesehen hast, wie die Blätter im Wind tanzen? Wann bist du mit deinen freien Füßen durch den Schnee oder eine Wiese spaziert? Seit ich Mama bin, darf ich immer wieder von meinen Kindern lernen, wie wertvoll es ist, einfach nur zu sein.

Nichts zu tun, nichts zu denken, mich nicht zu sorgen, nicht zu telefonieren oder den Moment zu fotografieren. Einfach nur sein. Mit mir allein zu sein, ist manchmal so schwer, und wenn es diesen Moment gab, trägt er mich für lange Zeit.

Hast du dich schon einmal selbst auf ein Getränk oder ein Eis eingeladen? Unternimm doch einmal etwas nur mit dir selbst! Wenn es sich anfangs vielleicht wie eine große Loser-Aktion anfühlt, stellt sich vielleicht bald heraus, dass du dadurch eine neue Freiheit bekommst, weil du nicht warten musst, bis jemand Zeit hat, mit dir ein Eis essen zu gehen, wenn du eines möchtest. Vielleicht stellt sich heraus, dass du dich so wohl in dir fühlst, dass du dir selbst eine gute Freundin sein kannst. In der Muße, in der Ruhe und in der Freizeit kommt das Herz zu Gott und zu sich und Gott kann sprechen. Er liebt es, zu uns in Stille zu sprechen. Lebe deine Freiheit, indem du lernst einfach zu sein. Ohne Ablenkung, ohne andere Menschen um dich herum und ohne Hetze. In diesem Sein kommt deine Seele zur Ruhe und sie wächst: deine Freiheit.

- Nimm deine Verwundungen an und lass dich nicht von ihnen zurückhalten

Weißt du, dass jede Rose ihre Dornen hat, aber auch jede Dorne ihre Rosen? Vielleicht geht es dir manchmal wie mir und du würdest deine Verletzungen gerne einfach ausradieren. Hättest am liebsten, dass sie nie passiert wären, weil du das Gefühl hast, dass sie dich vom Leben abhalten. Das Bild, dass zu jeder Dorne eine Rose gehört, ist wunderschön, weil es uns ermutigt, dass wir nicht nur die Dorne sehen sollten, sondern uns lieber auf die Rose konzentrieren, die aus dieser entstanden ist. Aus deinen Dornen können wunderschöne Rosen entstehen, wenn du sie annimmst, den Personen, die dir wehgetan haben, verzeihst und Gott ans Werk gehen lässt.

Deine Dorne ist für dich vielleicht ein Schmerz, kann aber für andere zum reichen Segen werden.

ACTION STEP

In welchem Bereich versuchst du, deinen Wert von anderen definieren zu lassen?

Welche Grenzen sind wichtig, dass du sie dir selbst und anderen gegenüber artikulierst?

Wie geht es dir mit »einfach sein«? Wo und wann könntest du mehr Momente des Seins einbauen? Vielleicht am Morgen, in der Mittagspause oder am Abend? Bereits zehn Minuten machen einen Unterschied.

Welche Dornen versuchst du gerade abzuschneiden?

Welche Rosen können dadurch nicht wachsen?

3. In dieser Welt, aber nicht von dieser Welt

Mir gefällt die Bewegung, die Johannes Hartl mit seinem Buch »Eden Culture« gestartet hat. Bei seiner Buchvorstellung sagte er, dass es mutige Menschen braucht, die den Lauf der Geschichte verändern, und dass wir nicht in Hoffnungslosigkeit und Verzweiflung verfallen dürfen.[4]

> *Genau das ist es, was diese Welt so dringend braucht: Menschen, die die Not sehen, sich davon tief berühren lassen, aber nicht daran verzweifeln, weil sie wissen, dass es einen Gott gibt, der stärker ist als alle Not und alle Last der Welt.*

Menschen, die wissen, dass sie in all dem berufen sind, sich die Welt im positivsten Sinne untertan zu machen, sie zu gestalten und Veränderung zu schaffen.

Gott hat noch so viel mehr vor – siehst du es? Weißt du, wo Veränderung beginnt? Sie beginnt bei dir und mir – in unseren Herzen.

»We are the Easter people and Halleluja is our Song.«[5] Dieser Satz hat mehr denn je die Bedeutung: »Wir sind Oster-Menschen und Halleluja ist unser Lied.« Als Christen kennen wir den Tod. Wir haben Jesus ans Kreuz begleitet, wo er gestorben ist, doch genau an diesem dunklen Ort sollte alles beginnen. Als andere dachten: »Jetzt ist es vorbei«, ging es für uns Christen erst los. An dem Ort der Verzweiflung und Angst, an dem es keine Hoffnung mehr zu geben scheint, beginnt es für uns Christen erst: Es geschehen Wunder, Unmögliches wird möglich (z.B. wird ein riesiger Stein vom Grab entfernt), Trauernde werden getröstet, Ängstliche und Verzweifelte berufen und befähigt, und schließlich gehen die Jünger hinaus und verkünden das Evangelium, heilen Kranke, geben Hungernden zu essen, und Tausende über Tausende bekommen die Nahrung, die ihre Herzen wirklich ersehnen: das lebendige Wort Gottes.

Meine Liebe: Auch wenn wir in einer Pandemie, Krieg, Hungersnöten und vielem mehr nicht mehr wissen, wohin mit unseren Fragezeichen, bin ich überzeugt, dass dies die Stunde ist, in der Gott neue Berufungen freisetzen möchte. Ich bete, dass er in dir eine neue Sehnsucht erweckt, durch seine Kraft dürres Land wieder fruchtbar zu machen, Hoffnung, Heilung und Freisetzung zu schenken, wo der Tod die Übermacht ergriffen hat, und den Geschmack des Lebens zu verbreiten, der nur durch ein Leben mit Jesus Christus als Herrn möglich ist. Bist du bereit für das Abenteuer?

Dein Leben hat mehr zu bieten als konstantes Glücklichsein und immerwährende Befriedigung!

Du bist geschaffen, um einen Unterschied zu machen. Dein Sein verändert die Welt und ist immens wichtig!

Auf Social Media hören wir: »Be positive, stay happy und schau, dass du alles Negative aus deinem Leben verbannst«, und uns wird vorgegaukelt, dass Glück das Normale ist – alles, was nicht Glück verspricht oder glücklich macht, könnte schon auf ein tiefer liegendes oder gar psychisches Problem hindeuten. Weiter wird uns eingeflößt, dass wir nur glücklich bleiben können, wenn wir materiell gut aufgestellt sind. Doch in Wahrheit sind wir als Menschen nicht auf ständiges Glücklichsein ausgelegt. Lass mich dir sagen: An dir ist nichts falsch, wenn du dir nicht die neuesten Klamotten leisten kannst. Dein Leben ist nicht bedeutungslos, wenn du nicht den materiellen Wohlstand lebst wie deine Freundinnen und Freunde, Klassenkameradinnen und -kameraden, deine Studienkolleginnen und -kollegen. Auch bist du immer noch normal, wenn es Phasen in deinem Leben gibt, in denen du nicht superhappy bist, sondern mit Themen ringst und traurig, wütend und frustriert bist. Glück ist nicht, wie uns eingeredet wird, die Abwesenheit von negativen Gefühlen und wir sollten schauen, dass wir diese tunlichst vermeiden. Im Leben geht es um viel mehr als um dein persönliches Glück!

Wenn du Gottes Vision für dein Leben herausfindest, wird dich das nicht in erster Linie zu einem glücklichen Leben führen, dafür aber zu einem Leben, das Gottes Wunsch – seinem Traum für dich – entspricht.

Einem Leben, das dir tiefen Frieden, Freude und Dankbarkeit schenkt, weil du spürst, dass du für dieses Leben geschnitzt wurdest. Auf diesem Weg wird es immer wieder herausfordernde Phasen geben, doch wenn du dein »Why« kennst – wenn du weißt, warum du etwas tust –. dann ist es ein Leichtes, auch die Herausforderungen, die damit verbunden sind, auf dich zu nehmen.

Ich will mich von den Schreckensnachrichten, die tagtäglich zu den unterschiedlichsten Themen durch meinen Newsfeed prasseln, nicht unterkriegen lassen. Auch wenn die Brücke, über die ich gerade gehe, sehr wackelig aussieht, will ich mich nicht auf die Brücke konzentrieren, sondern auf den, der auf der anderen Seite der Brücke auf mich wartet: Jesus. Ich will meinen Blick in Zeiten wie diesen erhoben halten auf Gott und in dieser Welt, aber nicht von dieser Welt leben! Ich will meinen kleinen Beitrag geben, im Kleinen, im Verborgenen – aber wissend, dass Gott mich sieht und dass mein kleiner Beitrag, in Liebe verrichtet, große Auswirkungen im Reich Gottes hat. Willst du das alles auch?

Gemeinsam sind wir stark

In 1. Korinther 12,12 lesen wir: »Der menschliche Körper hat viele Glieder und Organe, doch nur gemeinsam machen die vielen Teile den einen Körper aus. So ist es auch bei Christus und seinem Leib.« Du bist Teil eines großen Ganzen! Du bist ein wichtiger Teil von Jesu Braut – seiner Kirche. Wer und wie du bist, deine Talente und Begabungen, dein Sein und deine Fähigkeiten sind ein wichtiger Bestandteil der Kirche, die Jesus liebt, wie ein Bräutigam seine Braut liebt. Es ist mir so wichtig zu betonen, wie bedeutsam du für diese Welt bist, doch lass dich nicht in die Irre führen. Wir Menschen sind alle »nur« ein Teil dieses Leibes. Wir sind Teil des Körpers der Braut Jesu. Und jeder Teil dieses Körpers ist von großer Bedeutung.

An einem Körper sind die Augen genauso essenziell wichtig wie der Mund, die Ohren, das Gehirn oder die Wirbelsäule. Jedes Organ und jedes Glied hat seine Funktion und der gesamte Apparat des menschlichen Körpers würde nicht oder nur bedingt funktionieren, würde ein Teil ausfallen. Ist das Bein beispielsweise gebrochen, so kann der Körper noch gut agieren, aber es ist viel mühsamer. Nun müssen Krücken oder andere Hilfsmittel eingesetzt werden, damit der Körper funktioniert, wie er gedacht wurde.

Die Früchte säst und erntest du nicht allein, du bist eingebettet in eine Gemeinschaft, in der alle einander brauchen und voneinander abhängig sind. Vielleicht besuchst du eine Kirche oder eine Gemeinde, in der du Probleme siehst. Es gibt zu viel von diesem und zu wenig von jenem und manches wird außer Acht gelassen. Das ist ganz normal – da die Braut Jesu aus unperfekten Menschen besteht und wir noch nicht im Himmel sind. Mutter Teresa fasste dies in einem wunderschönen Zitat zusammen: »Was ich tun kann, kannst Du nicht tun. Was Du tun kannst, kann ich nicht tun. Aber gemeinsam können wir etwas Schönes für Gott tun.«[6]

Der Gedanke, ein Leib zu sein, hat aber darüber hinaus auch noch eine andere Facette. Was ist, wenn das Auge nicht das tut, wozu es bestimmt ist? Was ist, wenn der Fuß nicht das tut, wozu er geschaffen wurde? Und was ist, wenn du nicht das tust, wozu du berufen bist? Wenn du deinen Ruf zwar weißt und hörst, aber ihn nicht ausführst? Fehlt dann nicht etwas für den ganzen Leib? Das, was du tust oder nicht tust, hat nicht nur Auswirkungen auf dich selbst, sondern auch auf die Menschen in deinem Umfeld, deine Freundinnen und Freunde, deine Bekannte, deine Familie, ja sogar Menschen, die du vielleicht (noch) gar nicht kennst.

Egal wie häufig oder selten du schon gehört hast, dass du wichtig, einzigartig und besonders bist – ja: Das bist du! Doch vielmehr bist du Teil von etwas Größerem! Du bist eingebettet in einen großen Plan – hier spielst du eine bedeutende Rolle, die du entdecken und voll ausleben darfst. Denn das ist essenziell wichtig – für dich und Gottes unendlich guten Plan mit dieser Welt.

4. Stolpersteine auf dem Weg

Nobody is perfect

Ich hatte mich so bemüht, einen guten Studienabschluss zu schaffen. Ich wusste, wie wichtig es für meine Eltern und auch für mich war, ein gutes Studium in der Tasche zu haben und nicht als Versagerin dazustehen. Viele meiner Kommilitoninnen und Kommilitonen hatten schon aufgegeben, und ich wollte definitiv nicht dazugehören. Über Jahre biss ich die Zähne zusammen und zog es durch. Täglich in die Bibliothek. Stundenlang vor Büchern, die mich mäßig interessierten und in denen es um Bereiche ging, in denen ich mich eigentlich nicht sah. Kurz vor meiner letzten Prüfung wurde mir alles zu viel, ich hätte am liebsten alles hingeschmissen, und plötzlich fiel es mir wie Schuppen von den Augen. Es war, als würde Gott an diesem Tag zu mir sagen: »Ich sehe, wie sehr du dich abgemüht hast, aber hast du mich gefragt, ob du das überhaupt machen sollst?«

Ohne es zu merken, war ich einem Bild hinterhergelaufen, das ich eigentlich nie wollte und bei dem Gott auch keine Mitsprache gehabt hatte. Ich hatte angefangen, Recht und Wirtschaft zu studieren, weil es mir als ein solides Studium vorkam und mich die Idee, ein »gescheites« Studium in der Tasche zu haben, reizte. Schneller, als ich denken konnte, war ich im Hamsterrad des Studiums gefangen: Ich verglich mich mit meinen Studienkolleginnen und -kollegen, bemühte mich wirklich, das Bestmögliche zu geben, und verbrachte, ohne es zu merken, meine Energie damit, mit den anderen mithalten zu können.

Heute erkenne ich, dass dies eine Zeit in meinem Leben war, in der ich meinem Perfektionismus die Oberhand gegeben hatte. Ich wollte einem Bild entsprechen, das unerreichbar war und mich selbst nicht ausmachte. So verbrachte ich wertvolle Jahre meines Lebens damit, jemand sein zu wollen, die ich nicht war. Ich wollte wer sein. Aber noch mehr hatte ich Angst. Angst vor den Blicken der anderen. Angst, eine Versagerin zu sein. Angst, nicht angenommen zu werden, so wie ich war. Angst, einfach nur Durchschnitt zu sein und dadurch nicht wert, geliebt zu werden.

Kennst du diese Gefühle? Kennst du es, einem Ziel hinterherzulaufen, das dir nicht entspricht? Ein Ideal vor dir zu haben, das du unbedingt erreichen willst, das dich auf dem Weg dahin aber selbst auffrisst? Gibt es auch Bereiche in deinem Leben, in der du dermaßen hohe Anforderungen an dich hast, dass du fast daran zerbrichst? Am schwierigsten war für mich, die Angst loszulassen.

Wer war ich noch, wenn ich nicht alles unter Kontrolle hatte?

Wer war ich, wenn ich nicht die Beste war, die ich mir vorstellen konnte? Ich brauchte Hilfe. Doch diese Hilfe anzunehmen, schien für mich unmöglich zu sein.

Perfektionismus kann viele Facetten haben. Wir können uns um einen perfekten Insta-Feed bemühen, ein top Äußeres mit stylishen Klamotten und dem perfekten Make-up, die perfekte Karriere, eine perfekte Wohnung oder Haus, tolle Freundinnen und Freunden oder sogar um einen perfekten Partner. Das Streben nach Perfektion kann ganz schön stressig und anstrengend sein. Hast du dich schon einmal dazu hinreißen lassen, in einem Bereich besonders makellos oder fehlerlos zu erscheinen? Es ist richtig mühsam, im Perfektionismus stets zu versuchen, vorne dran zu sein und ja nicht anzuecken.

Doch weißt du, was das Problem bei dem Ganzen ist?

Perfektionismus hält uns davon ab, wirklich wir selbst zu sein und echte Verbindungen zu anderen Menschen aufzubauen.

Er verhindert, dass tiefe Beziehungen entstehen können und wir uns echt zeigen. Durch das Streben, möglichst perfekt zu sein, stehen wir uns selbst im Weg. Wir sind so im Außen und eingenommen von dem Bild, das wir erreichen möchten, dass wir nicht mehr dem folgen, der uns das Leben in Fülle verspricht, sondern dem selbst gesteckten Ideal. Perfektionismus hält uns davon ab, Gottes Stimme und seinen Willen für uns zu erkennen, Jesus nachzufolgen und als seine Jünger in der Welt zu leben.

Wie ging es mit meinem Perfektionismus weiter? Ich fing an, mehr auf mich zu hören: Was macht mich aus? Was brauche ich, um glücklich und zufrieden zu sein? Ich investierte meine Zeit mehr in Jesus, um seine Stimme zu hören, versuchte gleichzeitig, Ordnung in mein Leben zu bekommen, indem ich den mir wichtigen Dingen wie Gebet, Sport, Hobbys, Natur, etc. einen Platz in meinem Tagesablauf einräumte. So begann ich Schritt für Schritt und Tag für Tag, mich immer mehr zu spüren, mich von meinen perfektionistischen Drängen zu lösen und hörend zu werden. Hörend auf das, wie Gott mich gemacht hat und was er mit meinem Leben vorhat.

Immer noch kann es mir passieren, dass ich mich zu sehr in etwas hineinzwinge und dabei einem Bild von mir entsprechen will, das ich nicht bin. In diesen Momenten versuche ich mich an den Geschmack zurückzuerinnern, den ein Leben voller Gnade und ohne das Streben nach Perfektion hat. Das Leben aus Gnade ist so viel tiefer, ergreifender, erfüllender und lebenswerter, dass ich mich immer wieder liebend gerne mehr für das echte Leben als für den Perfektionismus entscheide. Ich will nicht mehr dem perfekten Bild von mir oder einer Situation hinterherlaufen, sondern Raum für Echtheit zulassen. Ich will mich davon verabschieden, darüber nachzudenken, was andere über mich denken könnten, und stattdessen anfangen zu hören, was Jesus über mich denkt. Es ist Zeit, dass ich meine Zeit nicht mehr ins Mithalten und Dabeisein investieren, sondern in Jesus-Nachfolge und echte Nähe. Zu mir selbst und zu Gott.

Wenn wir den Perfektionismus ablegen und stattdessen den Blick des Vaters und Gnade walten lassen, dann dürfen wir sein. Dann sind wir gut, so wie wir sind, und dann dürfen auch andere Menschen sein, wie sie sind. Dann macht sich eine Atmosphäre der Gnade und Freiheit breit, die Menschen aufatmen lässt und Leben spendet.

ACTION STEP

Hast du manchmal das Gefühl, dass du nach »dem Perfekten« strebst? Wo bist du unzufrieden mit dir selbst oder deiner Situation und hättest sie gerne »perfekter«? Wo streckst du dich nach einem Standard aus, der eigentlich unmöglich zu erreichen ist? Schreib hier auf, in welchen Bereichen du dich nach Perfektion ausstreckst.

Was sind deine »Ich sollte«-Situationen?
Wir alle fühlen uns manchmal gezwungen »mitzuhalten«. Vorne dabei zu sein. Nicht nachzugeben. Wir haben Angst vor verächtlichen Blicken und davor, nicht genug zu sein. Doch wer gibt uns diese verächtlichen Blicke? Sind es nicht wir selbst, deren Urteil uns am meisten beängstigt?

Was sind deine »Abers«?

Ablenkung vom Nachdenken

Neben dem Streben nach Perfektion sind es außerdem die kleinen Ablenkungen, die das Weiterkommen im Leben erschweren. Ich kenne sie zur Genüge, und ich habe erkannt, dass diese Ablenkungen kleine Hinweisschilder sind, dass etwas Tieferes beachtet werden möchte. Ich bemerkte nämlich, dass ich mich besonders leicht in ihnen verliere, wenn ich Gefühle in mir trage, die ich am liebsten nicht anschauen will. Wenn ich weiß, dass ich etwas ändern oder ein klärendes Gespräch in die Wege leiten müsste, bin ich besonders dazu versucht, lange auf Instagram oder Facebook rumzuhängen. Auch wenn es mir schwerfällt anzuerkennen, dass ich mein Leben nicht selbst meistern kann, jedoch am liebsten alles selbst kontrollieren will, und wenn ich einengende Ängste in mir trage, verbringe ich viel zu viele Stunden damit, Sprachnachrichten mit Freundinnen auszutauschen und gewisse Apps zu benutzen. Alles in mir sträubt sich dagegen, den Themen und Problemen ins Gesicht zu schauen und die vielleicht auch nur kleine Veränderung durchzuführen, die nötig wäre, um in echter Freiheit zu leben. Alles in mir sträubt sich dagegen, das zu tun, was die größte Veränderung bringen würde: ein Gebet zu sprechen. In Psalm 118,2 berichtet der Psalmist: »In meiner Not betete ich zum Herrn, und der Herr hat mich erhört und mir Freiheit geschenkt.«

Du und ich, wir sind zu echter Freiheit bestimmt. Unser Herz wurde gemacht, um wirklich frei zu sein, um echt zu sein und um wirklich lieben zu können. Ich will den Schöpfer meines Herzens in meine Ablenkungen kommen lassen und ihm erlauben, sie mir zu nehmen, damit ich eine größere Freiheit und Freude bekommen kann, als ich es mir je hätte vorstellen können. Kommst du mit mir auf diesen Weg? Machst du dich mit mir zu deinem eigenen Real-Life-Profi, indem du dir Strategien aneignest, die dich zum echten Leben führen? »Set yourself up for success« heißt ein englisches Sprichwort. Bereite dich auf Erfolg vor! Was ist es bei dir, das dich davon ablenkt und abhält, die Dinge zu tun, die dir und Gott wichtig sind?

Hier ein paar Tipps, die mir und anderen sehr geholfen haben, »klarer« zu bleiben:

- Deine Vision vor Augen zu haben

Wir werden in den nächsten Kapiteln konkreter an deiner Vision arbeiten. Diese Vision im Alltag klar vor Augen zu haben und sie bildlich zu sehen, erleichtert es dir, Unwichtigem nicht so viel Raum in deinem Alltag zu geben und im Fokus zu bleiben. Erstelle dir ein Vision Board und hänge es sichtbar in deiner Wohnung auf. Kleine Bilder und Eindrücke prägen unser Unterbewusstsein und erleichtern uns, das Richtige statt das Laute zu tun.

- Social-Media- und WhatsApp-freies Wochenende

Ehrlich gesagt weiß ich nicht, womit ich mehr Zeit verbringe: WhatsApp oder Social Media. Beides hätte mich voll unter Kontrolle, wenn ich dem nicht Einhalt gebieten würde. So bemühe ich mich immer wieder um ein komplett Social-Media-freies Wochenende. Es ist mir nämlich schon einige Male passiert, dass ich neben meinem Mann am Handy saß und ihn gar nicht richtig wahrnahm. Ich möchte nicht, dass es heißt: Handy oder Ehe. Am Wochenende und an den Nachmittagen voll für meine Familie da zu sein, hilft mir, bei der Sache zu bleiben und echte Verbindung zwischen uns entstehen zu lassen.

- Apps verstecken

Damit ich Instagram oder WhatsApp öffnen kann, muss ich in die hintersten Ecken meines iPhones, weil ich die Apps dort »versteckt« habe. Dies hilft mir, nicht auf der ersten Seite leichten Zugang zu meinen Versuchungen zu haben, sondern mich erst durchkämpfen zu müssen, und gibt mir dadurch ein paar Sekunden zum Überlegen, was ich gerade eigentlich auf dieser App suche und ob es überhaupt nötig ist, sie aufzurufen.

- Ausmisten und abbestellen

Lange Zeit ging es mir so, dass ich morgens beim Öffnen meines PCs erst einmal alle Werbeemails löschen musste, nur um zu den wichtigen E-Mails zu gelangen. Seitdem ich mich sofort von unnötigen Newsletterlisten abmelde und mich bemühe, unnötige Apps von meinem Tablet und Handy zu löschen, lebt es sich leichter und ich habe nicht mehr das Gefühl, überschüttet zu werden.

- Benachrichtigungen abstellen

Mir hat es sehr geholfen, alle Benachrichtigungen auf meinem Handy abzubestellen. Mein Handy leuchtet nicht mehr bei jeder Nachricht auf und verführt mich dazu, einen kurzen Blick auf die eingegangene Nachricht zu werfen. Damit ich Nachrichten lesen kann oder Neuigkeiten auf Instagram sehe, muss ich den aktiven Schritt gehen, die App zu öffnen. So bekomme ich alle Nachrichten auf einmal und entscheide selbst, wann ich was ansehe.

- Gründe für Medienkonsum klären

Warum möchtest du Social Media oder WhatsApp verwenden und wozu? Überlege dir doch einmal, wofür du bestimmte Apps verwenden möchtest und welches Ziel du damit verfolgst. Schreibe sie dir auf. Wenn du dich dann dabei ertappst, wie du einfach auf Instagram oder TikTok »rumhängst«, kannst du dich daran erinnern, wozu du diese Apps eigentlich verwenden möchtest.

- in echte Beziehungen investieren

Auf Social Media bekommen wir Informationen, können uns austauschen und verspüren das Gefühl der Verbundenheit, weil wir meist nur den Menschen folgen, die uns ähnlich sind. Das ist allerdings nur eine Schein-Verbundenheit. Viel wertvoller als diese Verbundenheit ist die Verbindung zu echten Menschen. Ich ermutige dich, in die Beziehung zu deinen Eltern, alten Freundinnen und Freunden und Bekannten zu investieren. Dich gerade nach der Pandemie zu überwinden, unterschiedliche Ansichten stehen zu lassen und einer Freundschaft nicht aus dem Weg zu gehen, wenn es mal schwieriger wird. Investiere in deine Beziehungen im echten Leben, gehe aktiv auf andere zu und staune, wie sehr du und dein Gegenüber dabei wachsen könnt.

Set yourself up for success!

Du wirst sehen, wie sich dein Leben frisch und neu anfühlt, wenn du deine Zeit in die Dinge investierst, die dir wirklich wichtig sind. Eine neue Freiheit wird sich einstellen, wenn deine Ablenkungen nicht mehr Herr über dich sind, sondern du dein Leben frei und selbstbestimmt leben kannst.

II. VISION MIT KLARHEIT UND FOKUS

1. Durch Vision zu deiner Mission

Im Buch der Sprüche schreibt Salomo an einer Stelle, dass ein Volk verwildert, wenn es keine Vision hat: »Wenn ein Volk das prophetische Wort nicht annimmt, verliert es jeden Halt. Aber glücklich ist es, wenn es sich an Gottes Gesetz hält!« (Sprüche 29,18; NLB). Ich musste dabei an einen Garten denken. Gärten können ganz unterschiedlich sein: Es gibt schön angelegte Gärten im gemütlichen Landhaus-Stil. Dort blühen und sprießen Blumen, Gemüse und Obstbäume, und vielleicht hoppelt in einer Ecke des Gartens noch ein Hase durchs Gras. In Schlosspark-Gärten findet man dagegen perfekt geschnittene Hecken neben unkrautfreien Blumenbeeten. Es sind Wege angelegt und an den Seiten stehen Bänke, auf die man sich setzen kann, um eine Pause zu machen. Der Garten regt zum Verweilen, Ruhen und zur Erholung ein.

Und schließlich sind da noch die verwilderten Gärten. Warst du schon einmal in einem? Überall wächst dort hohes Gras, viele Bäume, Sträucher und ein paar wilde Blumen. Vielleicht steht irgendwo eine alte Bank, aber so richtig erkennbar ist diese nicht, denn die umliegenden Hecken und Sträucher verdecken sie und Gras sprießt zwischen ihren Sprossen hervor. Wenn ich solch einen Garten betrete, weiß ich nicht so recht, wo ich hintreten soll. Es gibt keinen Weg, keine freie Stelle und keinen Schattenplatz, an dem ich mich niederlassen kann. Um zur Bank zu gelangen, schiebe ich die langen Gräser zur Seite und schaue genau, worauf ich trete. Der Garten ist wunderschön und die Sonnenstrahlen bringen das helle, hohe Gras zum Leuchten. Doch anders als in den gepflegten Gärten kenne ich mich nicht so recht aus. Es gibt keinen Ort zum Ruhen, keinen Ort zum Toben, keinen Ort, um kreativ zu sein und Blumen oder Gemüse anzupflanzen. Alles ist wild und unstrukturiert.

In der oben zitierten Stelle aus den Sprüchen lesen wir, dass wir jeden Halt verlieren, wenn uns prophetische Worte oder eine Vision fehlt. Wie in dem verwilderten Garten fehlt es uns dann an Klarheit. An Struktur. Wir sind innerlich aufgebracht, unausgeglichen und unrund, da wir nicht wissen, wo wir anfangen sollen, »unseren Garten« mit Ordnung zu füllen. Kennst du das aus deinem Leben? Kennst du den Zustand, in dem du nicht genau weißt, wo es hingeht, und in dem du den Wald vor lauter Bäumen nicht siehst? Kennst du Momente, in denen dich die Masse an Möglichkeiten überfordert? Scheust du dich manchmal eine Entscheidung zu treffen, weil du keine Ahnung hast, was richtig oder falsch sein könnte? Willkommen im Klub – dir geht es so wie abertausend anderen in dieser Generation.

Uns stehen alle Türen offen. Wir haben Möglichkeiten über Möglichkeiten. Doch all diese Freiheit überfordert uns und lässt uns in einer Apathie zurück, in der wir uns am liebsten auf Social Media verkriechen würden, um nicht handeln oder denken zu müssen. Das Bild vom Garten kann der Zustand deines Inneren sein: Vielleicht gibt es in dir keinen Platz des Ruhens, und du bist zwar getrieben vom Tun, weißt jedoch nicht so recht, was genau du tun sollst. In deinem verwilderten inneren Garten fehlt Raum zum

Atmen, Ankommen, Sein, zu Geborgenheit und gesunder Aktivität. Wenn du dich in dieser Beschreibung wiederfindest:

> *Ich lade dich ein, deinen inneren Garten aufzuräumen, indem du Gottes Vision in dein Leben lässt und auf seine Stimme hörst.*

In deinem »Garten« können dann Kreativität, Schönheit, Ruhe und Aktion einziehen, und du kannst viele herrliche Früchte ernten – für dich und für viele in deinem Umfeld.

Lektionen aus dem Garten

Im Frühling haben mein Mann und ich ein kleines Beet angelegt, auf dem ich mich als Neu-Gärtnerin austoben und darauf hoffen darf, dass Zucchini, Tomaten, Paprika und Kürbis wachsen. Und schon jetzt ist mir dieser Garten eine wahre Schule geworden. Doch ganz ehrlich: All das nehme ich gerne in Kauf, damit ich in ein paar Wochen meinen geliebten Caprese-Salat mit meinen eigenen Tomaten essen und auch noch meine Familie damit segnen kann. Mir ist voll bewusst, warum ich das alles mache, und genau das gibt mir Kraft, im Alltag dranzubleiben.

Folgende Dinge habe ich aus meinem Garten gelernt:

- Der Same muss in die Erde fallen, um zu sterben, damit er reiche Frucht bringen kann.

Als ich im Februar das erste Tomaten-Samenkorn in die Erde steckte und danach auf meine Fensterbank stellte, sah ich schon nach ein paar Tagen, wie sich ein kleiner grüner Stängel durch die Erdoberfläche kämpfte. Nach zwei Wochen waren kleine Pflanzen zu sehen. Wow – aus einem kleinen Samenkorn war tatsächlich eine Pflanze entstanden, die gleich mehrere Früchte tragen würde. Ich war überwältigt! In Johannes 12,24 sagt Jesus: »Ich versichere euch: Ein Weizenkorn muss in die Erde ausgesät werden. Wenn es dort nicht stirbt, wird es allein bleiben – ein einzelnes Samenkorn. Sein Tod aber wird viele neue Samenkörner hervorbringen – eine reiche Ernte neuen Lebens.« Zum ersten Mal verstand ich durch meine kleinen Pflänzchen auf der Fensterbank, was die Bibel mit dem Sterben des Samenkorns meint, damit es reiche Frucht bringen kann. Um ein fruchtbares Leben zu führen, darf ich nicht mehr krampfhaft an meinen eigenen Vorstellungen und Plänen festhalten, sondern darf glauben, dass reiche Frucht daraus entsteht, wenn ich mich selbst »aufgebe«. Wenn ich meinen Perfektionsmus, meine eigenen Wünsche und Vorstellungen hinter mir lasse und ganz offen bin für das, was der Heilige Geist vorhat.

Wir gingen damals nicht nach Italien, weil ich mir diesen Weg gewünscht hatte. Nein, in dem Moment stellte ich mich selbst zurück und folgte meinem Mann, weil ich im Herzen wusste, dass es das Richtige war. Gott segnete diese Zeit mit Früchten über Früchten. Natürlich war dieser Prozess auch schmerzhaft, doch über die Früchte staune ich nur und ich erahne, dass sie viel mehr sind, als ich selbst sehe. Ich möchte daher auch dich ermutigen: Hab keine Angst, in die Erde zu fallen und zu sterben. Das ist der Ort, an dem du zur Pflanze wirst, die später einmal Früchte über Früchte tragen wird! Gottes Berufung zu leben, hat immer mit Sterben zu tun.

- Im Entwicklungsprozess werden die Hände schmutzig.

Vermutlich schmunzelst du über diese Erkenntnis. Natürlich werden die Hände schmutzig, wenn ich einen Garten anpflanze. Das ist ja ganz klar. Ja, das stimmt – doch dieses Wissen dürfen wir auch auf unser Leben ummünzen. Wenn wir ein Leben führen wollen, das Frucht bringt und für andere ein Segen ist, dann wird uns dies etwas kosten, und das ist gut so. Es ist mühsam, an etwas zu arbeiten, das man noch nicht sieht. Meine Hände werden schmutzig, wenn ich das Unkraut aus meinem Beet ziehe, und ich brauche echtes Handwerkszeug wie eine Hacke und eine Schaufel, damit ich ein Loch graben und meine kleine Tomatenpflanze in die Erde setzen kann. An seiner Vision zu arbeiten, darf etwas kosten und das ist gut so. Nur weil etwas schwierig ist, muss es nicht der falsche Weg sein. Dieses Prinzip wendet Gott auch in unserem Prozess des Fruchtbarwerdens an. Es kann sein, dass es recht dreckig und schmutzig wird, wenn wir von einer Situation in die Nächste gehen. Lernen wir den Prozess anzunehmen mit all seinen Schmerzen und Mühen.

- Im Reich Gottes funktioniert Fruchtbarkeit anders als in der Welt.

Hast du dir schon mal überlegt, wie Fruchtbarkeit im Reich Gottes funktioniert? Fruchtbarkeit im Reich Gottes ist wahre Multiplikation. Als ich zum ersten Mal gesehen habe, wie aus einem Samen eine Pflanze entsteht, hat mich das schon ziemlich geflasht, aber als ich erkannt habe, dass jede Pflanze mehrere Früchte enthält, die wiederum teilweise bis zu hundert Samen in sich tragen, fand ich das einfach nur großartig. Die Aufforderung Gottes »Seid fruchtbar und mehret euch!« aus 1. Mose 1,22 (LUT) hat für mich eine neue Bedeutung, seitdem ich Gottes Prinzip von Fruchtbarkeit erkannt habe. Er schenkt aus einem Samen nicht nur eine Pflanze mit mehreren Früchten, sondern gibt diesen Früchten auch noch Hunderte von Samen, die wiederum Pflanzen werden können. Dies trifft auf den Kürbis genauso wie auf die Tomate zu: Fruchtbarkeit im Reich Gottes bedeutet Überfluss in Fülle.

In der Welt funktioniert Fruchtbarkeit meist planbar und in konstantem Wachstum. Geld wird angelegt und es kommt eine Rendite heraus. Mein Geld hat sich vermehrt. Wenn du fruchtbar im Reich Gottes lebst, dann werden sich die Samen, die du im Glauben setzt, nicht nur vervielfältigen, sondern über Generationen verhundert- und vertausendfachen. Auch Generationen nach dir zehren von dem Guten, das du in deinem Leben gelebt hast. So wie aus einem Samen eine Pflanze mit mehreren Früchten wird, die wiederum selbst wieder Hunderte von Samen in sich tragen und das Potenzial haben, neue Früchte mit weiteren Samen zu werden, so kann auch unser in Glaube gesetzter Same unzählbare Früchte tragen.

- Was wachsen soll, muss regelmäßig gegossen werden.

Ziemlich schnell habe ich an meinem Garten entdeckt, dass nur wächst, was regelmäßig gegossen wird. Es hilft nicht, wenn ich einmal ein Hundert-Liter-Fass Wasser auf meine Tomatenpflanze auskippe und mich dann wundere, dass sie eingeht und vertrocknet. Nur wenn ich täglich meine zehn Minuten Gieß-Routine durchführe, wenn ich jeden Tag dranbleibe, meine Pflanzen zu gießen, können sie auch Früchte tragen. Nur wenn du deine Pflanzen regelmäßig und kontinuierlich gießt, können sie wachsen und Frucht bringen.

Wenn wir eine Vision für unser Leben haben – ein Ziel, das wir erreichen wollen, wie zum Beispiel eine Ausbildung, den Studienabschluss oder ganz praktisch neue Freundschaften zu knüpfen oder geduldiger und liebevoller zu werden –, dann geschieht dies nicht, indem wir uns einmal richtig anstrengen. Wirkliche Veränderung und Wachstum geschieht nur, wenn wir täglich kleine Schritte gehen. Erwarte nicht schnelle Veränderungen, sondern lerne die kleinen Dinge des Alltags zu schätzen und erkenne, wie diese sich summieren und einen Unterschied machen.

- Auch wenn nichts zu sehen ist – bleib dran!

Wusstest du, dass die meisten Samen mindestens zehn Tage brauchen, bis die ersten grünen Knospen durch die Erde sprießen? Als ich mit meinem Garten anfing, pflanzte ich an einem Tag einige unterschiedliche Samen ein und musste danach gießen, gießen, gießen und gießen. Nach etwa zehn Tagen kamen die ersten Radieschen-Pflänzlein durch die Erde. Direkt daneben hatte ich die Karotten gesetzt. Lange Zeit dachte ich, dass diese Samen wohl nichts geworden waren. Oder hatte ich etwas falsch gemacht? Hätte ich sie tiefer in die Erde setzen müssen? Da ich mich zum ersten Mal als Gärtnerin versuchte, zweifelte ich ganz schön an mir und meinen Fähigkeiten. Doch siehe da: Nach einigen Wochen und kontinuierlichem Gießen ohne sichtbares Ergebnis, sah ich die ersten grünen Pflänzlein durch die Erde sprießen.

Auch wir dürfen in unseren Visionen dranbleiben. Wir dürfen gießen, gießen, gießen und werden am Anfang vielleicht nicht einmal etwas sehen. Konkret kann dies bedeuten, weiter zum Sport zu gehen, auch wenn du noch keine Veränderung in deiner Fitness wahrnimmst. Wenn du nähen lernen möchtest, kann es bedeuten, es weiter zu versuchen, auch wenn es dir schier unmöglich erscheint, dein Ziel von einem selbst geschneiderten Kleid zu erreichen. Es kann bedeuten, weiter zu beten, auch wenn du Gott noch nicht wahrnimmst und spürst. Doch dranbleiben und glauben, wo man nichts sieht, lohnt sich.

- Alles kommt aus Gottes guter Hand.

Durch meinen Garten habe ich erkannt, dass ohne Gott nichts wächst. Ohne ihn, der den Regen, die Erde, die Sonne und die Jahreszeiten schenkt, würde gar nichts wachsen. Ich darf meinen Beitrag geben, doch er ist es, der versorgt, der im Überfluss schenkt und von dem alles Gute kommt.

Auch in deinem Leben kannst du Pläne schmieden und dich bemühen, doch am Ende kommt alles aus Gottes guter Hand. Er fügt die Dinge in deinem Leben wunderbar. Er ist es, der dir zur rechten Zeit alles und viel mehr gibt, was du brauchst. Er sorgt für dich und kümmert sich um dich und er ist der Partner an deiner Seite, mit dem du Hand in Hand gehen und wachsen darfst.

Das Zwiebel-Prinzip

Als ich in Italien auf meiner grauen Couch saß, hatte ich viel Zeit, mir Gedanken zu machen, was Gott eigentlich mit meinem Leben vorhatte. Endlich hatte ich Raum zu fasten, täglich in den Gottesdienst zu gehen und meinen Fokus ganz auf ihn zu richten. Anfangs war es ganz und gar nicht leicht, die Zeit des Wartens und Reifens anzunehmen. Jedes Mal, wenn ich jemandem erzählte, was ich gerade machte – nämlich beruflich nichts –, hätte ich mich am liebsten verstecken wollen, so sehr saß in meinen Knochen der Wunsch, meine Identität durch meine Leistung zu rechtfertigen. Doch Gott machte aus der Zeit, in der ich keinen Job und keine augenscheinliche Aufgabe hatte, eine wahre Goldgrube seiner Gnade. Wie bei einer Zwiebel nahm er Schicht für Schicht von meiner falschen Identität ab. Er zeigte mir, wer ich war, auch wenn ich keinen tollen Job mehr hatte, keine aufregenden Reisen mehr machte und keine spannenden Persönlichkeiten mehr traf. So nahm alles seinen Anfang, dass aus meinem verwilderten inneren Garten langsam ein Garten der Entspannung, Struktur und der Frucht entstand. Ich muss darüber schmunzeln, dass Gott zuerst in meinem inneren Garten mit der Arbeit begann, bevor ich mir im Außen einen Garten anlegte. ☺

Gott arbeitete in dieser Zeit an mir, um mich frei zu machen für das, was er wirklich mit mir vorhatte. Er nahm eine Schicht der Selbstgefälligkeit von mir, sodass ich ihm meine Schwachheit schenken durfte. Schon lange war die Überzeugung in mir verwurzelt, dass ich alles gut hinkriege. Als große Schwester hatte ich mein Leben im Griff, war jemand (vor mir selbst und anderen) und hatte mein Leben unter Kontrolle. Doch in diesen Tagen und Wochen zeigte mir Gott, wie viel mehr ich ihm vertrauen darf und wie viel mehr er für mich vorhat, wenn ich ihm mein ganzes Ja gebe – auch wenn ich nicht sehe, wo es hingeht.

Gott nahm danach die Schicht der Leistung von mir. Lange war ich unbewusst davon überzeugt, dass ich mich aus meinem Tun definieren konnte – auch oder gerade im christlichen Bereich. Als ich noch in Deutschland lebte, war ich in der Gemeinde engagiert, übte dort Verantwortung aus und leitete Jugendgruppen. Ich bemühte mich um ein heiliges Leben und machte Wallfahrten und Jüngerschaftsschulungen. Von den Leitern war ich geschätzt und anerkannt. Ohne es zu merken und je zu wollen, verband ich auch meinen Glauben mit Leistung. Doch wer war ich nun, wo ich niemandem mehr von Jesus erzählen konnte? Wer war ich, wenn ich meine Talente nicht für ihn einsetzen konnte und von meinen Leitern keine aufbauenden Worte mehr bekam? Es war sehr befreiend zu spüren, dass Gottes Liebe unabhängig ist – auch von meiner »Leistung« als Christin. Immer mehr gab Gott mir zu verstehen, dass er mich unendlich liebte, vor jeder Leistung und trotz aller Schuld.

Gott gebraucht mich zum Aufbau seines Reiches, aber er braucht mich nicht – weil er der König über diese Welt ist und weil sein Wort allein Realität schafft.

Aber er machte mich nicht nur frei von religiöser, sondern auch von weltlicher Leistung. Aufgewachsen im Schwabenland, bekamen wir von klein auf die Nachricht, dass es überlebenswichtig ist, zu arbeiten und zu sparen. »Schaffe, schaffe, Häusle baue« war das Motto. Doch erst als ich auf einmal keine Arbeit mehr hatte, fiel es mir wie Schuppen von den Augen, wie sehr ich meine Identität auf diesem Arbeiten aufgebaut hatte. Das Tun fiel weg und mir wurde bewusst, wer ich wirklich war: Tochter Gottes, auch wenn ich weltlich gesehen gerade nichts vorzuweisen hatte.

2. Konkrete Schritte des Glaubens

Lass los

Worauf bist du besonders stolz, dass du es »geschafft« oder »erreicht« hast? Wer bist du, wenn deine Leistung wegfällt? Wer bist du ohne deine Arbeit und dein Tun? In welchen Bereichen deines Lebens versuchst du, es selbst zu schaffen? Ist dir beim Lesen der oberen Worte aufgefallen, wo du dich auf deine eigenen Kräfte und Stärken beziehst und Gottes Kraft und sein Eingreifen missachtest? Ich musste lernen: Auch wenn ich noch so gute Vorsätze und Pläne habe, am Ende habe ich das Ergebnis nicht in der Hand, sondern Gott allein! Auch mein Garten hat mich gelehrt, dass ich mich noch so sehr bemühen kann. Ich kann versuchen, alles richtig zu machen, den besten Dünger verwenden, versuchen alle Schnecken fernzuhalten, täglich gießen, immer Unkraut jäten, doch was am Ende des Sommers wirklich rauskommt, das habe ich nicht in der Hand. Es liegt in den Händen unseres guten Schöpfers, welche Früchte wirklich reifen und wie viel davon ich ernten kann. Ich darf mein Bestes geben, aber er entscheidet über das tatsächliche Outcome.

Als Jesus auferstanden war und sich den Jüngern am See Genezareth zeigte, führte er die berühmte Unterhaltung mit Petrus, in der er ihn dreimal fragte, ob dieser ihn liebte. Nach der dritten positiven Antwort sagte er seinem Jünger: »Ich versichere dir: Als du jung warst, konntest du tun, was du wolltest, und hingehen, wo es dir gefiel. Doch wenn du alt bist, wirst du deine Hände ausstrecken, und ein anderer wird dich führen und hinbringen, wo du nicht hingehen willst« (Johannes 21,18). Ich las diese Bibelverse zum ersten Mal in einem Bericht über das Leben von Johannes Paul II., in dem er diese Worte über sein Leben sagte, und war tief berührt von dem Maß an Nachfolge.

Heute erkenne ich, wie viel wunderschöne und gleichzeitig harte Wahrheit in diesen Worten liegt. Eine Schicht meiner »Zwiebel« waren meine eigenen, selbstbezogenen Pläne und Träume und die Vorstellung darüber, wie meine Zukunft aussehen sollte, damit ich wirklich glücklich sein konnte. Doch als ich anfing zu begreifen, dass es nicht um mich geht, verstand ich gleichzeitig, wie viel mehr Gott für mich vorbereitet hat, wenn ich loslasse und ihn ans Werk lasse. Oft fragte ich mich, warum ich auf dieser grauen Couch saß. War es ein Fehler gewesen, meinem Mann und Gott vertraut zu haben und mit nach Italien gegangen zu sein? In richtig schweren Momenten stellte ich eine Entscheidung infrage, die ich damals im Vertrauen auf Gott getroffen hatte, und was blieb, waren Selbstzweifel, Hoffnungslosigkeit und Traurigkeit.

Als ich dann die Worte der Bibel erneut hörte: »Wenn du alt bist, wirst du deine Hände ausstrecken und ein anderer wird dich führen und hinbringen, wo du nicht hingehen willst«, da füllte sich mein Herz mit einer tiefen Demut. Ich streckte innerlich meine Hände aus, nahm Gottes Hand und ließ mich von ihm dorthin führen, wo ich eigentlich nicht hingehen wollte. Dieser Moment, in dem ich meine eigenen Vorstellungen losließ und meine Hände ausstreckte, veränderte alles. Schritt für Schritt ging ich voran. Langsam und bedacht.

Wurdest du schon einmal mit verbundenen Augen von jemandem an der Hand geführt? Am Anfang fühlt sich das echt komisch an und du brauchst Vertrauen in die Person, die dich führt. Schritt für Schritt tastest du dich voran. Vorsichtig und bedacht gehen sowohl der Führer als auch du als Geführte, um nicht mit dem Fuß gegen einen Stein zu stoßen. Langsam spielt ihr euch ein und findet ein Tempo und eine geeignete Kommunikation, damit du als Geführte sicher ans Ziel kommst. Genauso und noch viel mehr brauchst du ein hohes Maß an Vertrauen, wenn du dich von Gott leiten lässt, obwohl du nicht weißt, wo es hingeht und du zum ersten Mal auf Wegen gehst, die dunkel und unbekannt sind. Wie bei dem Spiel mit verbundenen Augen entwickelt sich das Vertrauen langsam im Gehen, wenn du loslässt und ganz Ja dazu sagst, geführt zu werden.

Veränderung beginnt damit, das Jetzt mit all seinen positiven und negativen Aspekten anzunehmen. Immer wieder neu darf ich Ja dazu sagen, dass Gott mich durch dunkle Täler führt, von denen ich nicht weiß, wie sie enden.

Doch die tiefe Erkenntnis, dass sein Weg der bessere ist, auch wenn er durch Dunkelheit führt, ist ein unglaublicher Schatz, den ich nicht mehr missen möchte.

Sein Weg ist immer besser als der meiner eigenen Pläne und Träume, denn mein Schöpfer allein weiß wirklich, was das Beste für mich ist. Genauso weiß er auch, was das Beste für dich ist!

ACTION STEP

Wehrst du dich manchmal gegen das, was Gott für dich gerade vorhat?

Wo würdest du lieber deinen Wegen folgen als Gottes Wegen?

Wogegen sträubst du dich?

Du kannst nun beten:

Jesus, ich bringe dir:

\- -

Auch wenn ich so tue und mein Bestes gebe, es aus eigener Kraft heraus zu schaffen. Auch wenn ich mich echt bemühe, so möchte ich loslassen und dich heute wieder neu in diesen Bereich einladen. Bitte hilf mir! Ich brauche dich!

Du siehst, womit ich gerade kämpfe:

\- -

Am liebsten würde ich:

\- -

aber ich weiß, du hast das Beste für mich vor, auch wenn ich es noch nicht erkenne. Bitte hilf mir, diese Situation anzunehmen, ja zu umarmen. Schenk mir die Gnade zu sehen, dass ich nicht allein bin, sondern du bei mir bist und du immer noch die Kontrolle über diese Situation hast. Jesus, zeig mir, wo du jetzt gerade bist (hier in diesem Raum und in meinem Leben). Führe mich und hilf mir mutige Schritte hinter dir herzugehen. Amen.

Grab in deinem eigenen Garten

Mein eigener Garten hat mich gelehrt, wie viel Arbeit er wirklich ist und dass es ständig etwas zu tun gibt. Der Rasen will gemäht, das Unkraut gejätet und das Gemüse und die Blumen wollen gegossen werden. Es ist so leicht, am Gartenzaun vom Nachbarn zu stehen, drüberzuschauen und mit gerümpfter Nase zu sagen: »Aha, seine Hecke ist nicht geschnitten, und die Blumen dort in der Ecke sind schon verwelkt.« Doch indem ich über andere Gärten urteile, mäht sich mein Rasen nicht von selbst und meine Blumen können sich selbst auch nicht mit Wasser versorgen. Wie viel Arbeit so ein Garten ist, habe ich erst erkannt, als ich selbst einen hatte, und seitdem hüte ich mich davor, über die Gärten der anderen zu reden, sowohl im realen als auch im übertragenen Sinn. Durch viel Zeit auf meiner grauen Couch nahm Gott mir etwas, das ich vorher sehr viel praktiziert hatte: die Verurteilung anderer.

Kennst du das? Du sitzt mit Freundinnen bei einem Kaffee zusammen, und ziemlich schnell redet ihr über eine weitere Freundin, die nicht anwesend ist. Nicht schlecht oder abwertend, aber beurteilend. Ihr geht es bestimmt gerade nicht so gut – sie hat so viel Stress wegen der Uni. Oder ihr Vater ist so einnehmend, bestimmt leidet sie unter ihm. In den harten Stunden auf meiner Couch lehrte Gott mich eine Sache: Es geht um ihn und mich. Und um niemanden sonst. Alle anderen Menschen darf ich lieben und mich an ihnen freuen.

Aber das, worum es in meinem Leben wirklich geht, geschieht zwischen mir und ihm.

Jesus sagt: »Hört auf, andere zu verurteilen, und ihr werdet auch nicht verurteilt werden. Hört auf, andere zu tadeln, oder es wird euch ebenso ergehen. Vergebt, und euch wird auch vergeben werden« (Lukas 6,37).

Wenn du wie ich damals recht schnell annimmst, dass andere Menschen eine Meinung oder ein Urteil über dich haben, dann lade ich dich ein, einmal darüber nachzudenken, ob in Wahrheit du diejenige bist, die sich viele Gedanken über andere Menschen macht:

Was hat die Person an? Wie wirkt sie auf dich? Hat sie Probleme oder nicht? Wenn ja, was genau könnte ihr Problem sein? The list goes on … In Italien machte ich mir ohne Job und ohne Aufgabe anfangs viele Gedanken darüber, was andere wohl über mich dachten. Doch das loszulassen und mein eigenes Urteilen über andere loszulassen, machte mich frei, mein Gegenüber wirklich zu sehen, ihm in die Augen zu schauen und mit echtem Interesse zu fragen: »Wie geht es dir?« Mutter Teresa sagte einmal: »Wenn du Menschen verurteilst, hast du keine Zeit, sie zu lieben.«[7]

ACTION STEP

Wo hast du andere be- oder verurteilt und dabei auch dich be- oder verurteilt?

Über welche Personen hast du eine starke Meinung? Schreibe ihre Namen auf und was du denkst, wie Gott sie sieht. Erlaube ihnen, sie selbst zu sein und ihr Leben so zu leben, wie sie es möchten.

Let the talkers talk

Als ich angefangen habe, meinen Garten anzulegen, gab es eine ganze Menge Menschen, die mir ihre wertvollen Tipps und Tricks mitteilen wollten. Manche waren tatsächlich sehr wertvoll, andere wiederum nicht. Wenn du etwas tust, dann wird es immer Menschen geben, die einen Kommentar dazu haben – oder von denen du denkst, dass sie einen Kommentar dazu haben. Auch in deinem Leben gibt es sicher Menschen, die Dinge über dich sagen oder gesagt haben, die dich beeinflussen wollen.

Immer wenn ich mir früher vorzustellen versuchte, wie meine Zukunft aussehen könnte, ging es recht schnell in eine bestimmte Richtung. Ich hörte verschiedene Personen Dinge über mich sagen, wie ich sei. Da waren meine Eltern, Freunde, Bekannte, Leiter oder alte Lehrer. Unbewusst hatte ich ihre Stimmen und ihre Meinung über mich in meinen Ohren. Die meisten davon waren positiv und nur ein paar wenige waren negativ. Doch gerade die negativen setzten sich in meinem Kopf fest.

Als ich noch zur Schule ging, gab mir meine Mathe-Lehrerin immer wieder zu verstehen, dass ich Mathe einfach nicht kann. Natürlich nahm ich das als bare Münze und dachte lange Zeit, dass ich eben einfach kein »Mathe-Typ« war. Bis ich einen neuen Lehrer bekam, der es verstand, uns Mathe richtig gut beizubringen, und siehe da: Plötzlich schrieb ich überwiegend Zweien und hatte richtig Spaß an dem Fach.

Worte, die Menschen über uns sprechen, haben Macht – sowohl positive als auch negative Worte. Selbst wenn du durchweg positives Feedback und Ermutigung bekommst, kann es sein, dass dich dieses Feedback unfrei macht. Bist du gut darin, Musik zu machen, und bekommst dafür viel Anerkennung, freut dich das bestimmt, aber es hemmt dich vielleicht auch, andere Dinge auszuprobieren, die dir vielleicht auch Spaß machen würden.

Es kommt zuallererst darauf an, was Gott von dir denkt. Seine Meinung über dich ist die, die dich am meisten beeinflussen sollte.

Andere Menschen können dir gerne ihren Rat geben, doch du darfst das tun, was er dir auferlegt, auch wenn du andere dadurch vielleicht enttäuschst (oder denkst, dass du es tun könntest).

ACTION STEP

Was für Vorstellungen anderer liegen auf deinem Leben?

Was haben Menschen über dich ausgesprochen, wie du bist oder sein solltest, was aber nicht Gottes Wahrheiten über dich entspricht?

Wovon haben dich diese Annahmen abgehalten? Ersetze die Lügen mit der Wahrheit und schreibe statt den Annahmen Wahrheiten über dein Leben aus!

Der ewige Vergleich: vom grüneren Gras auf der anderen Seite des Zaunes

Kennst du sie? Die Menschen, deren alleinige Präsenz dich triggert und denen du – bewusst oder unbewusst – möglichst aus dem Weg gehst? Und doch findest du sie interessant, hörst genau zu, wenn andere über sie reden, oder schaust genau hin, was sie tun. Kann es sein, dass diese Menschen etwas in dir hervorrufen, was du eigentlich selbst bist oder gerne hättest? Kann es sein, dass du dich mit diesen Personen vergleichst?

Mein Leben ist mir zu schade, um mich ständig mit allen möglichen Menschen zu vergleichen. Die eine Person hat schönere Haare, die andere eine bessere Figur, wieder andere verdienen mehr oder wissen besser, wie sie ihr Geld ausgeben. Wenn du dich mit anderen vergleichst, gehst du immer leer aus. Vergleichen lässt dich mit dem Gefühl zurück, nicht zu genügen. Die Wahrheit ist jedoch, dass du genügst. Du bist mehr als genug. Und die Wahrheit geht sogar noch weiter: Du hast genug. Ja, du hast richtig gelesen. Als im deutschsprachigen Raum lebende Person ist die Chance sehr groß, dass du genug hast, auch wenn du selbst vielleicht denkst, dem sei nicht so. Siehst du es? Siehst du, womit du beschenkt wurdest und wie du (meist kostenlos) Zugang dazu hast?

Als mein Mann und ich von Italien wieder nach Deutschland zogen, staunten wir über das, was wir dort erleben durften. Allein die frische Luft, die gute medizinische Versorgung, echte Weißwürste und vieles mehr erfüllte unser Herz mit einer tiefen Dankbarkeit. Nachdem wir nun ein Jahr wieder im deutschsprachigen Raum leben, fällt uns auf, wie sehr sich wieder die Mentalität in uns ausgebreitet hat, dass es eben doch »nicht genug« ist oder zumindest zukünftig »nicht mehr genug« sein wird. Die Wahrheit ist, dass wir als Christen bei Gott immer mehr als genug haben. Wir dürfen lernen, das zu erkennen und einüben, es zu leben. Lerne zu genießen und den Genuss zu feiern!

Ich will mich als Tochter Gottes nicht von dieser Mentalität mitreißen lassen, sondern mir immer wieder vor Augen führen, dass Gottes Fülle und Gnade niemals aufhören werden. Ich will das ewige Vergleichen in Freude verwandeln – machst du mit?

Denn wir können das Vergleichen nicht beenden, indem wir »einfach« damit aufhören. Nein, wir können es nur beenden, wenn wir dankbar sind für das, womit Gott uns beschenkt, und uns von Herzen mit anderen freuen können.

Ich will Cheerleaderin sein! Ich will mich mit meinen Mitmenschen freuen und sie anfeuern – gerade die, mit denen ich mich besonders schwertue.

Wir als Christen sind dazu bestimmt, andere anzufeuern, Hoffnung zu verbreiten und eine Königreich-Gottes-Atmosphäre in die Welt zu bringen. Das Vergleichen hält uns von dieser essenziellen Berufung ab, weil wir dann nur mit uns selbst beschäftigt sind und uns um uns selbst drehen. Wir sind nicht mehr frei, unserer individuellen Berufung nachzugehen. Hast du schon einmal ausprobiert, was passiert, wenn du ein ehrliches Kompliment aussprichst? Ein ehrliches »Wow – du machst das echt gut!« oder »Ich finde es so beeindruckend, wie du …« beschenkt dein Gegenüber enorm. Lerne deine Mitmenschen zu beobachten, lerne zu entdecken, was Gott in sie hineingelegt hat, und sprich diese Dinge aus. Du wirst sehen, wie sich Beziehungen verändern und Mauern fallen.

Auch empfehle ich dir, genau diese Menschen zu lieben, mit denen du dich schwertust. Es ist einfach, diesen Menschen aus dem

Weg zu gehen, doch wirkliche Jesus-Nachfolger sind wir, wenn wir genau diese Menschen lieben und denen wirklich Gutes tun, die uns ein Dorn im Auge sind. Und du wirst sehen, dass kleine Taten der Liebe gerade zu diesen Menschen dein Herz weiten und dich in eine Freiheit führen, die nur mit Jesus Christus möglich ist.

Oft zeigt uns der Bereich, in dem wir uns am meisten vergleichen, viel mehr über uns selbst als über die andere Person. Kann es sein, dass es an der Zeit ist, sich intensiver um seinen eigenen Garten zu kümmern, wenn der Nachbargarten grüner erscheint?! Das, was dir in einer anderen Person auffällt, ist vielleicht genau der Bereich, der bei dir in letzter Zeit zu kurz kam. Anhand der folgenden Sätze können wir uns das einmal genauer anschauen.

Wenn du denkst …

- »Die springt immer der neuesten Mode nach!«
  Vielleicht ist es auch für dich an der Zeit, einmal deinen Kleiderschrank aufzufrischen. Dazu brauchst du nicht immer einen großen Geldbeutel, denn im Netz kannst du wunderbar Secondhand-Kleidung kaufen.
- »Die scheint ein glückliches Leben zu haben!«
  Vielleicht ist es für dich an der Zeit, mal wieder etwas zu machen, das dich glücklich macht und dich zum Beispiel mit Freundinnen zu treffen oder eine kleine Reise anzutreten.
- »Die will doch nur mit ihrem Freund angeben!«
  Vielleicht sehnst auch du dich nach einem Freund oder wünschst dir eine bessere Beziehung zu deinem Freund. Bitte Gott dir zu zeigen, welche Schritte du hier gehen kannst.
- »Die ist ja nur im Urlaub!«
  Vielleicht ist es auch für dich dran, wieder einmal ein paar Tage wegzufahren? Was hättest du hier für Möglichkeiten?

ACTION STEP

In welchen Bereichen vergleichst du dich mit anderen?

Wie kannst du deinen eigenen Garten hier bewässern?

Bleib, wer du bist

Nachdem ich nun in Italien meine Vision erarbeitet hatte, junge Frauen zu stärken und zu ermutigen, beschäftigte ich mich mit Frauen, die eine ähnliche Vision verfolgten und mir in diesem Bereich schon voraus waren. Ich sah mir ihre Vorträge an und las ihre Bücher und war einfach beeindruckt von dem Weg, den sie gegangen waren, und der Klarheit, mit der sie das Wort Gottes verkündigten. Mein persönlicher Weg allerdings schien mir weit entfernt und manchmal auch unerreichbar, von dem, was ich dachte, dass Gott mit mir vorhätte.

Es ist gut, Vorbilder zu haben, sehen wir aber nur auf das, was sie heute leben, übersehen wir den harten Weg, der wahrscheinlich hinter ihnen liegt und der sie zu dem gemacht hat, was sie heute sind. Auch sehen wir vielleicht nicht das Opfer, das sie bringen, um heute dort zu stehen, wo sie stehen. Jede Berufung hat ihren Preis und jeder Weg seine Hürden. Du darfst deine Berufung entdecken, die ihren eigenen Preis und ihre eigenen Hürden hat.

Kein Weg ist wie der andere und kein Ruf Gottes gleich. Es gab einige Menschen, die mich sehr inspirierten, obwohl ich sie nur über Social Media oder aus ihren Biografien kannte. Ihr Leben beeindruckt mich. Dennoch hat Gott meinen ganz persönlichen Weg mit mir. Ich darf erkennen, wer ich bin, und darf mehr noch erkennen, wer ich nicht bin. Und auch du darfst dich selbst kennenlernen und deine Wege gehen, dich inspirieren lassen von Menschen und dich motivieren lassen, doch dann immer wieder zurückkehren zu Gott, der seine ganz eigenen, wunderbaren Pläne mit dir hat.

Früher habe ich mich manchmal gefragt, wieso es manche Mädels lieben, sich stundenlang auf einen Kaffee zu treffen. Manche meiner Studienkolleginnen und auch Freundinnen heute finden Freude daran, sich mehrmals die Woche zum Reden zu verabreden. Keine Frage – ich mag meine Freundinnen auch, doch für mich reicht ein Treffen wöchentlich oder auch seltener völlig aus.

Diese Erkenntnis anzunehmen, war ein Gamechanger für mich. Heute habe ich den Mut, Freundinnen abzusagen, wenn mein Tank an sozialen Kontakten voll ist. Denn wenn ich mir zu viele Kaffeetermine ausgemacht oder zu viel mit anderen auf WhatsApp gechattet habe, kann ich nicht mehr voll anwesend sein und habe dadurch weniger Freude an dem Austausch. Wenn ich mein Leben nach dem ausrichte, wie ich bin, schenkt mir das viel Freiheit und Freiraum. Ich kann dann so leben, wie Gott mich geschaffen hat.

Wenn du zu Weihnachten Plätzchen backst und nach dem Backen versuchst, einen Tannenbaum in eine Sternform zu quetschen, dann kommt danach weder ein Stern noch ein Tannenbaum heraus. Es passt einfach nicht.

Gott hat für dich eine individuelle Berufung – einen individuellen Weg, den nur du mit all deinen Begabungen, Talenten und deinem Charisma entdecken und gehen kannst.

ACTION STEP

Welche Menschen sind dein Vorbild? Von wem lernst du?

Wenn du ganz ehrlich bist: Würdest du gerne ihr Leben führen? Würdest du gerne ihren Impact auf andere haben? Wärst du wirklich gerne in ihren Schuhen? Versuchst du dich manchmal in eine Form zu stecken, die unpassend für dich ist?

Gott hat dich einzigartig und unersetzbar gemacht. Er hat einen Plan für dich und dein Leben, den nur du gehen kannst! Niemand vor dir und niemand nach dir wird die Wege gehen, die er für dich gedacht hat und die deiner Berufung entsprechen. Vielleicht gibt es ähnliche Wege und Vorbilder, von denen du lernen darfst, doch deinen Weg kann dir nur Gott zeigen. Und deinen Weg kannst nur du gehen, so wie du bist.

Du darfst beten: Vater, zeige mir meinen Weg! Zeige mir, in welchen Bereichen ich versuche, Wege zu gehen, die nicht für mich bestimmt sind. Zeige mir, wann ich dazu tendiere, jemand anderen zu kopieren und dabei aus den Augen verliere zu hören, was du für mich bestimmt hast. Zeige mir deine Wege für mich und lass sie mich mutig gehen. Amen.

Früchte reifen nur durch Zeit und Geduld

Wie oben bereits angedeutet, war es für mich gar nicht so leicht, Gottes Vision und seinen Traum für mein Leben vor Augen zu haben und mir vorzustellen, wie es sein könnte, dass er mich gebrauchen würde und in der Realität zu leben, die von diesem Traum noch meilenweit entfernt war. Immer wieder musste mein Mann mich ermutigen nicht aufzugeben, dranzubleiben, mir klar vor Augen zu halten, wem ich wie dienen möchte, und treu jeden Tag an einem Buch zu schreiben, von dem ich nicht wusste, ob es jemals veröffentlicht werden würde. In dieser Zeit lernte viel ich über den Segen des Wartens.

Wusstest du, dass es einen Unterschied gibt zwischen warten und warten? Ja, du hast richtig gehört. Es gibt Zeiten, in denen wir warten … und warten … und warten und warten, ohne dass sich etwas verändert. Gleichzeitig sind wir vielleicht sauer auf Gott, dass er nichts tut. Vielleicht wartest du auch schon lange: auf Mr. Right, Friede in deiner Familie, einen neuen Job, eine größere Wohnung, mehr körperliche oder psychische Gesundheit. Wir warten und fühlen uns dabei wie ein Opfer, da uns Angst davon abhält, aktiv zu sein und Entscheidungen zu treffen. Auf der anderen Seite gibt es das fruchtbare Warten. In diesen Zeiten bildet sich unser Glaube, wir werden stark im Vertrauen auf Gott und zugerüstet für das, was kommt. Das Warten wird zum Segen, wenn wir den Prozess des Wartens annehmen, nah an Gottes Herz bleiben, ihn in dieser Zeit besonders suchen und mutig einen Schritt nach dem anderen in Treue gehen.

Meine Liebe, wenn du auf etwas wartest, dann kann das dein Beschleuniger für Gottes Gnade sein. Dann ist dies dein Moment, in dem du reifst, wächst und bunt wirst. Früchte bekommen in der Phase des Reifens ihre Süße und ihre unverkennbare Farbe. Pflückst du Früchte von der Pflanze, bevor sie reif sind, schmecken sie bitter und sind eher blass. Du kannst dich entscheiden, ob du die Zeit des Wartens als Reifungsprozess siehst oder ob du wartest, weil du Angst hast.

Gleichzeitig ist es so wichtig, dass du dich mit deinen Träumen nicht übernimmst und gut auf Gott hörst, ob und wann etwas dran ist. Wie gesagt: Früchte können nur reif und schmackhaft werden, wenn wir ihnen Zeit zum Reifen geben. Schon König Salomo schrieb im Buch der Prediger darüber und hat wundervolle Worte gefunden:

> Alles hat seine Zeit, alles auf dieser Welt hat seine ihm gesetzte Frist: Geboren werden hat seine Zeit wie auch das Sterben. Pflanzen hat seine Zeit wie auch das Ausreißen des Gepflanzten. Töten hat seine Zeit wie auch das Heilen. Niederreißen hat seine Zeit wie auch das Aufbauen. Weinen hat seine Zeit wie auch das Lachen. Klagen hat seine Zeit wie auch das Tanzen. Steine zerstreuen hat seine Zeit wie auch das Sammeln von Steinen. Umarmen hat seine Zeit wie auch das Loslassen. Suchen hat seine Zeit wie auch das

Verlieren. Behalten hat seine Zeit wie auch das Wegwerfen. Zerreißen hat seine Zeit wie auch das Flicken. Schweigen hat seine Zeit wie auch das Reden. Lieben hat seine Zeit wie auch das Hassen. Krieg hat seine Zeit wie auch der Frieden. Was also hat der Mensch davon, dass er sich abmüht? Ich habe mir die Arbeit angesehen, die Gott den Menschen gegeben hat, damit sie sich damit plagen. Gott hat allem auf dieser Welt schon im Voraus seine Zeit bestimmt, er hat sogar die Ewigkeit in die Herzen der Menschen gelegt.
Prediger 3,1-11

ACTION STEP

Gibt es etwas, worauf du gerade sehr wartest?

Wie kann diese Zeit dir mehr zum Segen werden und dich nicht verbittern lassen? Was würdest du dafür brauchen?

Du kannst beten:

Herr, alles bei dir hat seine Zeit. Du weißt, was für mich wann gut ist. Ich bitte dich, schließe die Türen, die jetzt geschlossen sein sollen, nach deinem Willen, und öffne die Türen, die du jetzt öffnen möchtest. Ich will mein Leben in deinem Tempo gehen, nicht in meinem. Ich will mit deinem Herzschlag leben. Zeige mir, was dran ist. Lass mich mutig Schritte gehen, um im Gehen zu erkennen, was deinem Willen entspricht und dir wohlgefällig ist. Amen.

Mut zu neuen Schritten

Aus der Arbeit in meinem Garten habe ich gelernt, dass ich einfach ausprobieren darf. Ich weiß nicht, wie weit der Abstand zwischen Bohnensamen sein sollte, doch jetzt, da ich meinen Garten zum ersten Mal anlege, darf ich einfach experimentieren. Zwar steht auf der Packung eine ungefähre Angabe, aber dennoch muss ich selbst erproben, ob ich sie eher zwei oder vier Zentimeter auseinandersetze.

Es ist okay und sogar gut, auszuprobieren und dabei Fehler zu machen, denn das macht das Leben kostbar und lebenswert.

Nur wenn ich mutig bin, etwas auszuprobieren, weiß ich beim nächsten Mal, auf was ich besser achten sollte oder was ich anders machen darf. Erlaube dir selbst, Dinge auszuprobieren, erlaube dir, Fehler zu machen, und tu etwas, auch wenn du Angst hast, es könnte falsch sein!

Wenn ich in alten Tagebüchern blättere, dann lese ich, wie ich mir unsicher war, welchen Studiengang ich wählen sollte, in welcher Stadt ich studieren sollte, ja manchmal sogar, mit welchen Freunden ich abends etwas trinken gehen wollte. Ich wollte mich nicht festlegen und schob Entscheidungen vor mir her, weil ich Angst hatte, eine falsche Entscheidung zu treffen. Aus der Angst, dass es eh nichts werden könnte, tat ich nichts. Also wartete ich und wartete ich und wartete ich. Ein Leben nach Gottes Plan zu führen, bringt auch mit sich, Entscheidungen zu treffen und Schritte des Glaubens zu gehen. Weißt du, dass Gott immer bei dir ist, egal wo du hingehst? Er, dein dich unendlich liebender Vater, ist und bleibt bei dir, egal wo du hingehst. Egal was du tust, er wird dich immer wieder auf seine Pfade für dich zurücklenken. Im Gehen lenkt er deinen Weg.

Ein Auto kann nur im fahrenden Zustand gelenkt werden. Bleibt ein Auto stehen und bewegen sich seine Reifen nicht, dann ist es richtig schwierig, das Lenkrad zu verwenden. Es lässt sich nur schwer bewegen. Außerdem ist es recht egal, ob die Reifen nach rechts oder links zeigen, wenn sie stillstehen. Wie ein Auto nur im fahrenden Zustand gelenkt werden kann, ist es auch in unserem Leben. Oft ist es besser, einen Schritt zu gehen, um dann mit Gott Rücksprache zu halten und ihn um seine Führung zu bitten.

ACTION STEP

Gibt es in deinem Leben Bereiche, in denen du dich davor scheust, eine Entscheidung zu treffen?

Wo steht eine Entscheidung an, die du aber vor dir herschiebst aus Angst, dadurch den falschen Weg zu gehen? Schreibe die Entscheidungen auf, vor denen du Angst hast, und was dich daran hindert, Schritte zu gehen.

Lebe deinen Traum

Auf meiner Suche nach Gottes Vision für mein Leben zog ich so manch eine Idee in Erwägung. Ich überlegte zum Beispiel, ein Café zu eröffnen, und dachte sogar darüber nach, eine Kollektion für christliche Bademode zu entwerfen, die nicht zu freizügig ist. Alle Pläne und Gedanken wurden dann aber doch unter der Kategorie »unrealistisch« verbucht. Bis mich eines Tages – wie ich bereits erzählte – wie aus dem Nichts meine Schwester aus Wien anrief und über ihren Traum sprach, dass ich ein Buch schreiben würde. Ähnlich muss es wohl Mutter Teresa ergangen sein, als sie die Worte von Jesus vernahm: »Mich dürstet«. Ich wusste: Hier war definitiv Gott am Werk. Ab dem Moment konnte ich nicht mehr anders, als diesen Traum ernst zu nehmen. Was, wenn Gott wirklich wollte, dass ich ein Buch schrieb? Also fing ich an zu googeln und kostenfreie Online-Workshops zu besuchen. »Wie genau schreibt man ein Buch?« Nun war ich voller Tatendrang. Ich sammelte alle meine Bücher für Inspiration zusammen und ging täglich in die Bibliothek nebenan, um an meinem Buch zu schreiben.

Hast du auch so einen Traum, der eigentlich zu weit weg scheint? Kennst du das Gefühl, eine Idee in dir schlummern zu haben, die größer scheint als du selbst? Bei der du dich fast nicht traust, auch nur daran zu denken? Was, wenn dieser Traum von Gott kommt? Was, wenn es nicht nur deine kühne Idee ist, sondern seine?

Sehr gerne erinnere ich mich an eine Geschichte in der Bibel, in der Petrus auf die waghalsige Idee kam, Jesus auf dem Wasser entgegenzugehen. Die Jünger waren Jesus nachts im Boot schon vorausgefahren. Es war starker Wind, als Jesus mitten in der Nacht zu ihnen kam. Natürlich erschraken die Jünger – was würden sie auch sonst tun. Da kam Petrus auf die Idee, Jesus herauszufordern. Er sagte zu ihm: »Herr, wenn du es wirklich bist, befiehl mir, auf dem Wasser zu dir zu kommen« (Matthäus 14,28). Und Jesus antwortete: »Dann komm« (Matthäus 14,29). Wie mutig und verrückt ist die Idee von Petrus eigentlich! Auf so eine Idee muss man erst einmal kommen. Doch für Gott ist nichts unmöglich und mit Gott ist nichts unmöglich, und das wusste Petrus nur zu gut. Wenn Jesus sagt: Go!, dann gehst du wirklich – wenn es sein muss, auch über Wasser.

Durch meine Geschichte möchte ich dich ermutigen, auf deine kühnen Träume zu hören. Auf Jesus zu hören, der dir zuflüstert: »Probiere es aus!«. Natürlich brauchen wir auch den Verstand dazu und sollten Gott fragen, ob das wirklich sein Wille ist. Doch wenn dem nichts im Wege steht, dann rufe ich dir heute zu: Go! Die Welt braucht mutige Jüngerinnen und Jünger Jesu. Mutige Menschen, die es wagen, aus den vorgefertigten Strukturen auszutreten und Neues zu wagen. Die sich nicht aufhalten lassen von einem »das hat man aber noch nie so gemacht« oder »ich kenne keinen, der das schon gemacht hat« oder einem »kannst du davon schon leben?«-Gedanken.

Ich will weiterhin meinen kühnsten Träumen Gehör schenken und sie noch einen oder zwei Schritte weiterdenken. Willst du das auch?

Jetzt ist der Zeitpunkt, in dem wir wie Petrus aus dem Boot aussteigen und aufs Wasser gehen dürfen.

Mit sehr großer Wahrscheinlichkeit sieht dein »Boot« und dein »Wasser« ganz anders aus als meines – und das ist gut so! Weil wir alle unterschiedlich sind, hat Gott unterschiedliche Visionen in unsere Herzen gelegt. Er möchte uns nämlich unterschiedlich gebrauchen. Wenn du dich jetzt fragst, was deine Vision sein soll, here we go! Auf den nächsten Seiten werden wir nun Schritt für Schritt Gottes Vision für dein Leben entdecken.

Du kannst nun beten:

Vater, ich möchte deine Wege gehen, nicht meine. Ich möchte deinen Willen tun und immer mehr zu der Frau werden, als die du mich geschaffen hast. Ich möchte

_ _

hinter mir lassen und mutig Schritte gehen. Ich werde

_ _

tun, weil ich sehen möchte, wie

_ _

III. ERKENNE DEINE BERUFUNG

Lass uns nun ans Eingemachte gehen und uns auf den Weg zu deiner Berufung machen. In diesem Kapitel wollen wir eintauchen und entdecken, wozu du gerufen und berufen bist. Dies ist der wichtigste Abschnitt des Buches, weil er dich hinführt zu Gottes Vision für dein Leben. Du wirst erkennen, was Gott in dich hineingelegt hat, und erahnen, was er für dich vorbereitet haben könnte.

Noch bevor es losgeht, will ich dich ermutigen dranzubleiben. Es werden einige Fragen kommen, die vielleicht gar nicht so leicht sind zu beantworten. Nimm dir gerne gut Zeit, dir Gedanken über die ein oder andere Frage zu machen. Du kannst auch zusätzlich mit einem Notizbuch oder Tagebuch arbeiten, und wenn der Platz zu wenig ist, dort weiterschreiben.

Vielleicht wird es wichtig sein, dir zwischen den Fragen Zeit zu nehmen. Du musst das Buch nicht so schnell wie möglich durcharbeiten. Nimm dir lieber Momente, in denen du den Heiligen Geist bittest, dir seine Antworten zu zeigen, und du wirst erstaunt sein, wie er konkret spricht. Denn Gott möchte sich dir offenbaren. Er will sich dir zeigen, und du kannst immer wieder innehalten und den Heiligen Geist bitten, dich zu führen. Fühl dich nicht gezwungen, durch die Anzahl an Linien alles ausfüllen zu müssen. Wenn dir nur wenig oder gar nichts zu einer Frage einfällt, ist dies völlig okay. Dieses Buch ist dazu da, dir zu dienen, und der Heilige Geist wirkt auch, wenn du nicht alles bis auf den letzten Zentimeter ausgefüllt hast. Allerdings ermutige ich dich, keine Abkürzung zu gehen und dich auch auf die Fülle der Fragen einzulassen. Sich mit sich selbst auseinanderzusetzen, ist anstrengend, aber nimm keine Abkürzungen und geh Frage für Frage durch. Du wirst ein klareres Gesamtbild bekommen und Gottes Handschrift auf deinem Leben klarer sehen, wenn du dich voll auf den Prozess einlässt.

Mach dir gerne das Buch zu eigen. Du kannst mit farbigen Stiften alles anstreichen, was dich anspricht. Auch möchte ich dich explizit dazu ermutigen, Stellen zu markieren, in denen du besondere Erkenntnisse über dich gewinnst! Vielleicht fällt dir etwas über dich auf, was du noch gar nicht wusstest. Mach dir ein kleines Sternchen daneben oder streiche diesen Punkt an – wir werden ihn zu einem späteren Zeitpunkt noch benötigen.

Parallel zum Buch kannst du dir auf www.my-vision-planner.com deinen Kalender, der Hand in Hand mit diesem Buch geht, bestellen. Zu gerne würde ich dich in deinem Prozess durch den »My Vision Planner« begleiten, mich mit dir über deine Erkenntnisse austauschen, mit dir gemeinsam beten und auf Gottes Stimme hören, doch leider fehlen mir hierzu die Ressourcen. Damit du aber trotzdem nicht allein durch diesen so kostbaren Prozess gehen musst, du im Gebet begleitet wirst und von anderen lernen kannst (und sie von dir), habe ich mir eine besondere Sache überlegt: dein »Shining Bright Squad«. Gemeinsam macht es mehr Spaß, und deswegen hast du die Möglichkeit, dich mit drei oder vier anderen Frauen oder Mädels auszutauschen, die gleichzeitig mit dir durch den Prozess in diesem Buch gehen. Ihr könnt euch gegenseitig ermutigen, Fragen beantworten und füreinander beten. Auf www.christinawalch.com/sbsquad findest du alle Infos, wie du zu deinem Team kommst, andere unterstützen kannst und selbst unterstützt wirst, Gottes Berufung für dein Leben zu erkennen. Schau am besten gleich vorbei!

Doch nun lass uns endlich starten. Dies tun wir mit der besten Möglichkeit, etwas Neues zu beginnen: dem Gebet.

Mein guter Papa im Himmel, ich danke dir für diese Möglichkeit, die du mir durch dieses Buch gegeben hast, meinen Auftrag von dir besser zu erkennen und klarer zu verstehen, warum du mich so gemacht hast, wie ich bin. Ich möchte mich dir ganz zur Verfügung stellen und dich bitten, mich zu verwenden, wie du es möchtest. Zeig mir, was du mit mir vorhast. Offenbare mir deine Wege, denn sie sind die besten. Gib mir deine Klarheit und deine Vision und zeig mir, wie ich dir besser nachfolgen kann. Heiliger Geist, ich bitte dich nun mit allen, die auch durch diesen Prozess des Buches gehen, dass du uns führst und leitest. Dass du zu uns sprichst und uns Klarheit schenkst. Danke, guter Vater, dass du uns deinen Sohn geschickt hast und unseren Beistand, den Heiligen Geist. Amen.

1. Wer bist du und wo stehst du?

Eine meiner liebsten Bibelgeschichten ist die Erzählung von der Israelitin Esther. Esther war eine sehr schöne Frau, die neben anderen Frauen mit dem König Ahasveros verheiratet war. Zu dieser Zeit durfte niemand einfach vor den König treten, um ihm ein Anliegen vorzutragen, und auch als seine Frau hätte Esther dafür zum Tode verurteilt werden können. Als sie aber hörte, dass ihr Volk in

Bedrängnis war, nahm sie all ihren Mut zusammen, um vor den König zu treten, auch wenn es ihr das Leben kosten könnte. Sie bereitete sich umfangreich vor, indem sie sich schön machte und ihr Volk zum Fasten und Gebet aufrief, um schließlich den König zu bitten, für ihr Volk einzutreten. Noch während sie mit ihrem Cousin Mordechai über das Problem und die Not ihres Volkes sprach, erkannte sie ihre Berufung und ihren Auftrag. »Und wer weiß, ob du nicht für eine Situation wie diese zur Königin wurdest?« (Esther 4,14).

Mit der Geschichte von Esther will ich dir zusprechen: Heute, in deiner Situation, in deiner Wohnung oder deinem Haus, in deinem Wohnort und deinem Heimatland bist du genau richtig!

Du lebst hier und jetzt genau am richtigen Fleck zur richtigen Zeit und im richtigen Alter!

Du bist geboren für eine Zeit wie diese! Deine Talente, deine Fähigkeiten, deine Stärken und sogar deine Schwächen sind heute und hier von Bedeutung. Und in deiner heutigen Situation darfst du deine Berufung leben, darfst du auf Gottes Ruf hören und in deinem Tempo und mit deinen Ressourcen deine Geschichte schreiben.

An dieser Stelle ist es mir ein großes Anliegen zu wiederholen: In diesem Buch geht es nicht um höher, schneller, weiter. Es geht nicht darum, dich selbst zu verwirklichen und deinen Weg zu finden. Vielmehr geht es darum, Gottes Ruf für dein Leben zu erkennen und diesem in Treue nachzufolgen. Vermutlich hast du keine Schwester, die dich anruft und dir sagt, was sie geträumt hat, weil Gott mit dir einen ganz eigenen, individuellen Plan verfolgt. Doch lass dich ein auf das sanfte Säuseln seiner Stimme in deinem Leben und fang an zu träumen!

Erlaube dir, dich zu fragen: Was wäre, wenn …

- … sich Kinder im Religionsunterricht wieder zu Jesus bekehren würden?
- … an meinem Esstisch Menschen in schöner Atmosphäre zusammenkommen, guten Wein trinken und einen Geschmack von Gottes Güte bekommen würden?
- … in meiner Familie wieder Frieden und Verständnis einziehen würde?
- … es Freundschaften und Beziehungen in unserer Nachbarschaft gäbe, anstatt Anonymität oder gar Konkurrenz?
- … die alten Menschen in meinem Umfeld durch Besuche wieder Freude empfinden und zu strahlen anfangen würden?
- … junge orientierungslose Menschen wieder eine Ausrichtung finden durch Mentoren, die ihnen Hoffnung und Zuversicht schenken?
- … Flüchtlinge durch gemeinsam verbrachte Zeit beim Anlegen eines Gartens ankommen und sich angenommen fühlen würden?

… die Antworten und Träume sind so vielfältig wie wir Menschen. Wovon träumst du? Was für eine Veränderung traust du dich zu träumen, wenn du all deinen Mut zusammennimmst? Was würdest du lieben zu sehen? Was bräuchte die Welt um dich herum unbedingt? Was wäre, wenn Gott genau dich für diesen Change verwenden möchte? Was wäre, wenn ein kleiner Schritt heute dein und das Leben der Menschen in deinem Umfeld zum Besseren verändert? Was, wenn Gott richtig groß für dein Leben träumt? Was, wenn dein Leben einen Unterschied für viele machen würde? Was, wenn dein Ja Menschenleben verändern würde? Was, wenn eine klare Vision in deinem Leben dich nicht mit noch mehr To-dos und Must-dos überfordert, sondern dir klar zeigt, wo deine Spielwiese ist und wo eben nicht? Wozu du Ja und Nein sagen darfst und was wirklich wichtig ist in deinem Leben. Das Leben ist zu kurz für halbe Sachen, für Kompromisse, für »Passt schon«-Antworten und »Irgendwanns«.

Gott träumt groß von deinem Leben – träumst du mit?

Als ich anfing mir vorzustellen, ein Buch für junge Frauen zu schreiben, hatte ich nicht gleich im Kopf, wie es aussehen könnte, wenn es fertig ist. Stattdessen hatte ich ein oder zwei junge Frauen in meinem Freundeskreis vor Augen, denen ich so gerne ein paar Dinge sagen würde und denen es leichter fallen würde, ein Buch zu lesen, anstatt von mir »zugetextet« zu werden. Irgendwann fing ich dann an, meinen Traum zu vergrößern und daran zu denken, dass nicht nur diese zwei Mädels von dem Buch profitieren könnten, sondern zehn, zwanzig, dreißig oder sogar hundert junge Frauen! Was wenn viel mehr Frauen sagen würden, dass ihnen das Buch Klarheit und Vision in Bezug auf ihre Identität und die Würde ihres Körpers gegeben hatte? Heute staune ich nur so über Gottes Größe und was auch nach dem Buch weiter entstanden ist. Tatsächlich kommen immer wieder junge Frauen auf mich zu, die sagen, dass dieses Buch sie so verändert habe. Gott ist gut. Er schenkt uns Träume, die viel größer sind als wir selbst, damit wir danach erkennen, wie gut er ist. Nie hätte ich mir selbst vorgestellt, diesen Impact zu leben. Er ist es, der Träume schenkt, die unseren Verstand und unser Denken übersteigen.

Was wäre, wenn dein Traum einen Impact hat auf ein, zwei, drei, vier oder gar zehn, zwanzig oder hundert Menschen?

Leave a Legacy

Letztes Jahr durften wir fünf Monate im Haus meiner Großeltern leben. Sie hatten in diesem Haus sieben Kinder aufgezogen, eine lebendige Ehe gepflegt und Menschen von Gott erzählt. Für mich war diese Zeit sehr besonders. Meine Oma war eine große Frau des Gebets, und überall erkannte ich ihre Handschrift, ihre Liebe und ihren Sinn für Schönheit. Was mich aber in diesen Monaten besonders beeindruckte, war – wie sollte es anders sein – ihr Garten. Im Frühling blühten überall Tulpen, die sie Jahre vor ihrem Tod gepflanzt hatte. Im Sommer blühten im Garten viele weitere bunte Blumen, Sträucher und Pflanzen, und im Herbst ernteten wir die Früchte ihrer großen Apfelbäume. An ihrem Garten erkannte ich die Früchte, die sie in ihrem Leben hinterlassen hatte. Ihre Kinder und Enkelkinder waren aus dem Haus, aber das, was sie zu Lebzeiten in ihrem Garten und in ihren Kindern gesät hatte, blühte auch Jahre nach ihrem Tod weiter.

Genau das will ich auch! Meine Sehnsucht ist es, nicht nur ein Leben zu führen, das für meine Familie und mich schön ist, sondern den Reichtum, den ich aus Gottes unendlich gütigen Händen empfangen habe, auch weiterzugeben und weiterblühen zu lassen. Mir ist bewusst, dass ein Leben des Segens auch seinen Preis hat. Sich für das große Bild zu entscheiden, erfordert viel Mut. Es erfordert Glaube und Gehen, auch wenn man nichts sieht. Es zeigt nicht sofortige Erfolge und schenkt nicht schnelles Lob, sondern verlangt ein Gehen in Treue, mit der Vision, die Jesus dir geschenkt hat über Tage, Wochen, Monate oder Jahre, ohne die Früchte zu sehen. Doch die Früchte dieses Gehens in Glauben und Treue bringt nicht nur Segen für dich, sondern auch für die Generationen nach dir.

Wie sieht es bei dir aus? Möchtest du heute Samen säen, deren Früchte auch nach dir noch Menschen nähren?

Bist du bereit, einen Preis zu zahlen, damit nicht nur du, sondern ganze Völker und Nationen durch dich Gott erleben und Rettung erlangen?

Dich selbst kennenlernen

Wie geht es dir? Wie geht es dir wirklich? Wieder denke ich daran, wie gerne ich mich an dieser Stelle mit dir mit einem warmen Getränk auf eine gemütliche Couch setzen und dich fragen würde: Wie geht es dir? Was beschäftigt dich? Worüber freust du dich und was macht dich traurig? Was trägst du gerade alles in deinem Rucksack und worüber machst du dir Sorgen und Gedanken? Es würde mich riesig interessieren zu hören, was sich in deinem Herzen wirklich abspielt, was dich beschäftigt und in dir los ist. Der erste Schritt zur Veränderung beginnt damit, wenn du ehrlich zu dir selbst und anderen bist, die Masken fallen lässt und erzählst, wie es dir wirklich geht.

Es ist egal, was du alles nicht geschafft hast. Es ist komplett wurscht, was du dir vorgenommen und nicht erreicht hast. Deine Fehler und deine Sünden spielen keine Rolle – denn in Jesus sind sie schon beglichen. Ja, es spielt auch keine Rolle, was andere über dich denken, sagen oder jemals über dich gesagt haben. Heute geht es darum, wer du bist. Ich möchte dich kennenlernen (zumindest in diesem Buch), und gemeinsam wollen wir uns auf Entdeckungsreise machen, wie Gott dich erschaffen hat.

Wenn du möchtest, sprich dieses Gebet:

Guter Vater, du hast mich geschaffen und du kennst mich in- und auswendig. Du weißt, wann ich sitze oder stehe. Du hast alle Haare auf meinem Kopf gezählt. Du hast unglaublich gute Pläne mit mir. Lass mich mich selbst und deinen Auftrag für mich durch deine Augen sehen. Lass mich erkennen, wer ich in deinen Augen bin und wie du wirklich bist. Amen.

ACTION STEP

Wie heißt du?

Wie geht es dir heute?

Was bedrückt dich und was macht dir gerade große Freude?

Mich bedrückt …

Mir macht Freude …

Was magst du gerne?

Wie würden dich deine Freunde beschreiben?

Wann fühlst du dich wohl?

Wann fühlst du dich unwohl?

Was ist einer deiner Lieblingsorte und warum?

Wenn du mir eine schöne Erinnerung aus deinem Leben erzählen könntest, welche wäre das?

Um dich selbst besser kennen- und verstehen zu lernen, stelle ich dir kurz ein Modell vor, das dir hilft dich selbst, deine Freundinnen und Freunde, Kolleginnen und Kollegen und Familienmitglieder besser einschätzen zu können. Es gibt unzählige Persönlichkeitsmodelle, dieses gefällt mir persönlich besonders, da es auch die Stärken der einzelnen Personengruppen hervorhebt.

Das DiSG-Modell

Im DiSG-Modell werden vier verschiedene Persönlichkeitstypen vorgestellt, die dabei helfen können, das eigene Verhalten zu verstehen und Verhaltensmuster oder -tendenzen in anderen Menschen zu erkennen.[8] Natürlich sind diese Beschreibungen nicht in Stein gemeißelt und es ist gut möglich, dass mehrere Beschreibungen in unterschiedlicher Ausprägung auf eine Person zutreffen. Überlege beim Durchlesen der Beschreibungen einmal, unter welchen Punkt du fallen könntest.

- D wie dominant, direkt und bestimmt: Dominante Persönlichkeitstypen zeichnen sich durch ihr starkes Selbstbewusstsein und ihr hohes Maß an Zielstrebigkeit aus. Sie sind geborene Leaderinnen und Leader und lieben den Wettkampf. Wenn sich eine dominante Person etwas in den Kopf setzt, sollte man ihr lieber nicht im Wege stehen. Denn wenn sie etwas erreichen will, bringt sie nichts und niemand davon ab. Zudem kommuniziert die dominante Person kurz und auffordernd. Sie ist eben ziemlich dominant – und stolz darauf.

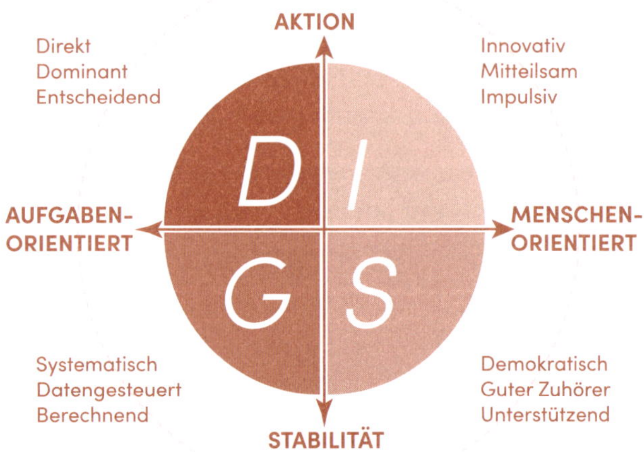

Zu dieser Kategorie können Menschen wie Pionierinnen und Pioniere, Vorreiterinnen und Vorreiter, Tempogeberinnen und Tempogeber, Erfinderinnen und Erfinder oder Vermittlerinnen und Vermittler gezählt werden.

- I wie initiativ, optimistisch und aufgeschlossen: Initiative Persönlichkeitstypen sind extravertiert und lieben es, im Mittelpunkt zu stehen. Sie fallen gerne auf, sind lieber laut als leise und versuchen, maximal viel Spaß im Leben zu haben. Dank ihrer offenen, humorvollen Art kommen sie schnell mit anderen ins Gespräch und knüpfen problemlos Kontakte. Sie können andere extrem gut motivieren, sind dafür aber manchmal etwas chaotisch. Sie gehen weniger in die Tiefe, sind dafür aber für jeden Spaß zu haben.

Hierunter fallen auch Entertainerinnen und Entertainer, Überzeugerinnen und Überzeuger, Harmonisiererinnen und Harmonisierer, Strateginnen und Strategen und Koordinatorinnen und Koordinatoren.

- S wie stetig, einfühlsam und kooperativ: Stetige Persönlichkeitstypen legen großen Wert darauf, es allen recht zu machen. Sie sind fürsorglich und treu, lieben die Beständigkeit und fühlen sich in einem konstanten Umfeld am wohlsten. Als bescheidene und loyale Menschen haben sie ein unfassbar großes Herz und kümmern sich liebevoll um Freundinnen und Freunde, Verwandte und Kolleginnen und Kollegen. Sie müssen manchmal ein wenig aufpassen, dass ihre Gutmütigkeit nicht ausgenutzt wird.

Besonders zeichnen sich Stabilisatorinnen und Stabilisatoren, Spezialistinnen und Spezialisten, Helferinnen und Helfer, Bewahrerinnen und Bewahrer und Praktikerinnen und Praktiker als stetige Persönlichkeitstypen aus.

- G wie gewissenhaft, bedacht und Korrekt: Gewissenhafte Persönlichkeitstypen sind wahre Ordnungs-, Planungs- und Qualitätsgenies. Sie lieben logisches Denken und arbeiten präzise und perfektionistisch. Ihr Herz schlägt für Zahlen, Daten und Fakten. Grundsätzlich arbeiten sie lieber an Dingen als mit Menschen. Neue Energie ziehen sie aus der Ruhe – einer der vielen Gründe, weshalb sie ihre Aufgaben gerne im Alleingang erledigen.

Hierunter fallen Perfektionistinnen und Perfektionisten, Experimentiererinnen und Experimentierer, Gutachterinnen und Gutachter, kritische Denkerinnen und Denker und Designerinnen und Designer.[9]

Wenn du dir das DiSG-Modell vor Augen führst, kann dir das helfen, dir bewusst zu werden, warum du so tickst, wie du tickst. Wenn du beispielsweise ein stetiger Typ bist, ist es total natürlich, dass es dir leichtfällt, dich auf andere einzulassen, dich für sie einzusetzen, auch wenn du vielleicht nicht das zurückbekommst, was du dir eigentlich wünschen würdest. Vielleicht hast du dich schon gefragt, warum du nicht gerne verreist und lieber immer das gleiche Restaurant besuchst. An dir ist nichts falsch – ganz im Gegenteil: Gott hat dich gemacht, so wie du bist, weil er dich genau so, wie du bist, liebt und gebrauchen möchte.

Jahrelang habe ich mich gefragt, warum ich als D- und I-Typ konkrete Anweisungen mit zu vielen Zahlen und Daten nur mit Müh und Not umsetzen kann. Damit tue ich mich echt schwer. Wenn ich heute eine derartige Anweisung auszuführen habe und alles in mir sich dagegen sträubt, weiß ich, dass dies an meinem

Persönlichkeitstyp liegt, und ich kann mich cntscheiden, diese Aufgabe für Gott trotzdem gut auszuführen. Allerdings würde ich keinen Job annehmen, bei dem es zu sehr darum geht, Anweisungen auszuführen, da ich weiß, dass ich darin nicht besonders gut bin und es Menschen gibt (z. B. gewissenhafte Persönlichkeitstypen), die diese Aufgaben definitiv besser könnten.

ACTION STEP

Welcher Persönlichkeitstyp glaubst du zu sein?

Ich denke, ich bin

weil ich

Wenn du weißt, wer du bist und dass Gott dich so erschaffen hat und dich unendlich liebt, dann gibt es keinen Grund, dich zu verbiegen, dich zu verändern oder zu versuchen jemand anderes zu sein. Du darfst anfangen, deine individuellen Persönlichkeitsmerkmale zu leben und auszubauen. Nimm deinen Platz ein, damit auch andere ihren Platz einnehmen können!

Gibt es Bereiche in deinem Leben, in denen du dich »anders« als die anderen fühlst? Über längere Zeit – gerade im Studium – hat sich mein D-Gen ein manches Mal mit den Genen meiner Freundinnen gebissen. Wie ich weiter vorne schon schrieb, liebten meine Freundinnen es, sich regelmäßig auf einen Kaffee oder abends in einer Bar zum Quatschen, Austauschen und einfach zu gemeinsamer Zeit zu treffen. Mein D-Gen sagte mir dann allerdings häufig, dass ich nicht die ganze Zeit »rumsitzen« sollte, sondern auch etwas voranbringen wollte. Natürlich habe ich gerne mit ihnen Zeit verbracht, aber manchmal war es mir einfach zu viel. Längere Zeit habe ich versucht mitzuhalten und mitzumachen. Nach der Uni auf eine Weinschorle hier oder einen Kaffee da, doch eigentlich hatte ich tief in meinem Inneren keine Freude daran.

Heute als Mama bemühe ich mich, mit meinen Kindern einen Alltag zu leben, bei dem wir alle auf unsere Kosten kommen. Ich weiß, dass es für mich essenziell wichtig ist, immer wieder im Austausch mit anderen Müttern zu sein. Gleichzeitig brauche ich aber auch Zeiten des Alleinseins und Zeiten, in denen ich mit meinen Kindern chillen und einfach nur sein darf. Für das Wohl aller bemühe ich mich aktiv darum, gute Kontakte aufzubauen und zu pflegen, Ruhezeiten für mich in den Alltag einzuplanen und nachmittags Termine abzusagen, damit wir als Familie einfach nur sein können.

Vielleicht merkst du, dass du mehr körperlichen Ausgleich in Form von Sport brauchst als andere. Vielleicht benötigst du mehr Ruhe und Stille oder blühst mehr unter Menschen auf und möchtest diesen Teil in deinem Leben auf keinen Fall einsparen. Ich lade dich ein, dich einmal zu beobachten. Bei mir hat es eine ganze Weile gedauert, bis ich mich so akzeptieren konnte, wie ich bin.

Ich muss mich nicht verstellen, um anderen zu gefallen, sondern darf ganz ich sein.

ACTION STEP

Was brauchst du und dein Persönlichkeitstyp, um volle Tanks im Alltag zu haben?

Wovon brauchst du mehr in deinem Leben?

Wovon brauchst du weniger?

Wenn du am Ende des Abends ins Bett gehst, auf den Tag zurückschaust und sagen kannst: »Dieser Tag war richtig, richtig gut«, was hat dieser Tag dann beinhaltet?

Wovon bist du innerlich frei?

DANKE

Wofür bist du dankbar? Schreib alles nieder, was dir in den Sinn kommt. Lass dich von Gott in den Prozess des Goldgrabens führen und entdecke, ja entlarve, was Gott Wunderschönes in deinem Leben tut und bereits getan hat. Falls es dir schwerfällt, auf die guten Dinge in deinem Le-ben zu sehen, dann geh durch deinen Kalender, die Bücher, die du gelesen hast, deine WhatsApp- oder Facebook-Nachrichten, deine Fotos oder besprich gemeinsam mit einer Freundin, wofür du in deinem Leben dankbar bist. Sehr gerne kannst du die Chance nutzen, in der dir bewusst ist, wofür du dankbar bist, und genau diesen Personen eine kleine WhatsApp-Nachricht schicken. Segen zu verschenken vermehrt den Segen.

Woher kommst du?

Alles, was du in deinem Leben erlebt hast, hat dich dahin geführt, wo du heute stehst. Du bist aufgrund all der Erfahrungen in deinem Leben heute die Person, die du bist. Ich lade dich ein, dir einmal Gedanken über deine Geschichte zu machen. Nimm dir ein paar Momente, um dein Leben aus der Vogelperspektive und im Rückblick zu betrachten. Was liegt bereits hinter dir? Was waren für dich wichtige Meilensteine? Welche großen Schritte oder Ereignisse im Leben hast du bereits durchlebt? Was hat dich geprägt? Auf den folgenden Zeilen kannst du deine persönliche Geschichte aufschreiben:

Was waren deine Erfolge und Herausforderungen?

Hast du dir schon einmal Gedanken darüber gemacht, was du im letzten Jahr alles erreicht hast? Wenn du darüber nachdenkst, welche Hürden du bereits gemeistert und welche Erfolge du gefeiert hast, kann dich das ermutigen, kraftvoll weiterzumachen. Denk dabei nicht nur an offensichtliche Erfolge wie bestandene Prüfungen oder Beförderungen. Es ist schon ein Erfolg, wenn du dich mit einer Freundin versöhnt hast und der Frieden wieder neu in eure Herzen eingezogen ist. Es ist ein Erfolg, wenn du regelmäßig morgens nach dem Aufstehen gleich an Gott gedacht hast und ein kleines oder größeres Gebet gesprochen hast. Es ist ein Erfolg, wenn du nachsichtig und geduldig auf jemanden zugegangen bist, auch wenn du vor Wut hättest platzen können. Es ist ein Erfolg, wenn du Heilung oder Klarheit in einem Bereich erhalten hast.

Auch ist hier der Bereich, dir selbst Achtung und Anerkennung zu schenken für das, was du in den letzten Wochen und im letzten Jahr erduldet, getragen oder errungen hast. Du hast zwei Jahre des Lockdowns, ständige Unsicherheiten, einen Krieg in Europa und Sorgen ertragen müssen und du bist gut durchgekommen – das ist eine unglaubliche Herausforderung, die du gemeistert hast! Hut ab vor dem, was du im letzten Jahr durchgemacht hast!

Gerne darfst du dir selbst Anerkennung und Respekt entgegenbringen für die Herausforderungen, die du gemeistert hast. Schreibe sie hier auf und dann nimm dir einen kleinen Moment, schnapp dir einen warmen Kakao oder ein Glas Wein und stoß auf dich an.

ACTION STEP

Herausforderungen, die ich im letzten Jahr gemeistert habe:

Erfolge, die ich im Inneren und Äußeren im letzten Jahr gefeiert habe:

Deine Vorbilder

Du kennst bereits meine Geschichte und wie mich Frauen beeindruckt haben, die ich weder persönlich kannte noch mit denen ich mich jemals ausgetauscht hatte. Doch wie sie lebten und wie sie ihr Leben teilten, beeindruckte und inspirierte mich. Wir müssen Menschen nicht persönlich getroffen haben, damit sie einen bleibenden Eindruck in uns hinterlassen. Mutter Teresa oder Johannes Paul II. gehören für mich zu Personen, die mein Leben so geprägt haben, auch wenn sie schon tot sind, und mich jeden Tag anspornen, heilig zu leben. Aber nicht nur Menschen, die ich nicht persönlich kenne, sind meine Vorbilder, auch von Freundinnen, Freunden und Bekannten, deren Liebe zu Gott und dem, wie sie leben, bin ich unglaublich inspiriert. Mein Mann und ich haben uns eine Zeit lang regelmäßig mit einem Paar getroffen, das schon weiter war als wir. Uns mit ihnen auszutauschen, hat unser Leben so bereichert und wir durften viel von ihnen lernen. Immer wieder sind wir durch ihr Leben angespornt, auch selbst heiliger zu leben.

ACTION STEP

Mach dir einmal Gedanken darüber, welche Menschen dir Vorbilder sind oder waren. Wer hat dich zu der Person gemacht, die du heute bist? Wer hat dich inspiriert und dich herausgefordert, Jesus mehr nachzufolgen? Schreibe diese Personen hier auf.

Meine Vorbilder sind …

- ____________________
- ____________________
- ____________________
- ____________________

weil …

- ____________________
- ____________________
- ____________________

Deine Lebensbereiche

Nun sehen wir uns einige Bereiche deines Lebens etwas genauer an. Hier ermutige ich dich, konkret zu werden, und erinnere dich daran, dass das alles hier nur für dich ist. Niemand sieht in dein Buch hinein (wenn du es nicht offen herumliegen lässt ☺).

Wir gehen nun eine Liste von Lebensbereichen durch, denen du jeweils eine Note von 1 bis 10 geben kannst. Dabei steht die 1 für sehr schlecht und die 10 für super. Dann schreibe daneben, wieso du diese Punkteanzahl verliehen hast.

ACTION STEP

Wie geht es dir …

Lebensbereich	**Punkte**	**Grund**
… mit dir selbst?		
… mit Ruhe und Erholung?		
… mit deinem Glauben?		
… als Single/in deiner Partnerschaft?		
… in und mit deiner Schule/Arbeit/Studium?		
… mit Familie/Freunden?		

Ich welchem Bereich spürst du eine Unruhe, Unbehagen oder gar Stress, wenn du an ihn denkst?

Welche Bereiche deines Lebens sind eingeschlafen und bräuchten mehr Beachtung?

Überlege auch, wo Potenzial nach oben liegt. Was läuft nicht gut? An welchen drei Bereichen würdest du gerne arbeiten? (Es genügt, dir drei Bereiche vorzunehmen, mehr können dich leicht überfordern, statt dass sie dich ermutigen Veränderung anzugehen.)

Überlege dir nun für diese drei Bereiche jeweils zwei kleine Aktionsschritte, die du tun könntest, um diese Bereiche zu verbessern. Übertrage die oberen drei Bereiche und schreibe daneben auf, was zwei (kleine) Schritte sein können, um diese Bereiche zu verbessern.

Schritt 1:

Schritt 2:

Schritt 3:

Es kann sein, dass du dich gerade in einer Phase befindest, in der es dir sehr leichtfällt, diese Liste auszufüllen. Vielleicht steckst du aber auch in einem Loch, aus dem du keinen Weg hinaus siehst. Weißt du, dass deine Situation oder dein Zustand ein superkostbarer und nährreicher Boden ist? Weißt du, dass dann, wenn du nicht mehr weiterweißt, Gott ins Spiel kommt? Dort, wo wir aufgehört haben, uns auf unsere eigene Stärke zu bauen, kann Gott wirken. Herzlichen Glückwunsch, du bist an einem wunderbaren Ort, an dem Veränderung beginnt. Als ich damals auf meiner grauen Couch saß, war dieser Ort der Verzweiflung der Boden für Gottes große Gnade. Nur selten habe ich Gott so stark und nahbar in meinem Leben erlebt. Nur selten war er mir so nahe wie in der Situation, als ich aus meiner eigenen Kraft und Stärke nicht mehr weiterwusste und -konnte.

In Römer 8,28 lesen wir: »Und wir wissen, dass für die, die Gott lieben und nach seinem Willen zu ihm gehören, alles zum Guten führt.« Alles, was dir widerfährt, und alles, was Gott zulässt, ist nie umsonst, sondern hat einen größeren Sinn, den du heute vielleicht noch nicht erkennst. Du kannst aber sicher sein: Es wird dir und anderen zum Guten dienen.

Wenn du an deine oben genannten Probleme und Potenzialfelder denkst: Was sind die Erkenntnisse, die du aus diesen gezogen hast?

Make a movement of what moves you

Starte eine Bewegung aus dem, was dich bewegt. Was brennt dir wirklich auf der Seele? Wo suchst du und ringst du wirklich um Gottes Wahrheit? In welchen Bereichen wünschst du dir mehr Leben, mehr Freude und mehr Fülle? Es kann gut sein, dass genau die Gebiete, in denen du die größten inneren Kämpfe erlebst, die Schauplätze für deine Berufung sind. Deswegen umarme diese Kampfplätze. Umarme die Situationen, mit denen du dich so, so schwertust. Umarme die Momente, in denen du selbst aus eigener Kraft nicht mehr weiterkannst. Sie können Gottes Sprungbrett sein, damit viele Menschen mit dir frei werden.

Besonders berührt hat mich in diesem Zusammenhang die Geschichte von Don Bosco. Er verlor bald schon seinen Vater, und sein Stiefbruder konnte ihn nicht ausstehen. Um die Situation zu verbessern und einmal Priester werden zu können, schickte die Mutter den Sohn zum Studium und zur Arbeit weg. Don Bosco war auf sich selbst gestellt. Als er schließlich Priester wurde, war es sein großer Wunsch, kleinen Jungen, die zu dieser Zeit zur Arbeit in die Großstadt Turin geschickt wurden, an die Hand zu nehmen, ihnen gute Arbeitsverträge auszuhandeln und für sie da zu sein. Zwar fehlte ihm selbst ein Vater, jedoch wurde er später zum Vater für viele. Seinem Salesianer Orden gehören bis heute Hunderte von Priestern, Ordensfrauen und Laien an. Das, was ihm fehlte, der Dorn in seiner Geschichte, wurde zu einer wunderschönen Rose für die ganze Welt.[10] Auch unsere schmerzhaftesten Punkte können für andere zum Segen werden.

Kann es sein, dass Gott dein Ringen verwendet, damit andere in diesem Bereich von dir lernen können und eine Abkürzung gehen dürfen? Dabei geht es weniger darum, dass du eine Bewegung startest, sondern je nachdem welcher Typ du bist, vielleicht eher darum, welcher Bewegung du dich anschließt? Vielleicht ist dein Movement, dich einmal im Monat in der Kinderkirche zu engagieren, um Kindern den Glauben zu vermitteln, oder du erklärst dich bereit, einmal im Monat bei der Suppenküche dabei zu sein und Essen auszuschenken. Nichts ist umsonst und kein Schmerz ist ungesehen von Gott. Ganz im Gegenteil: Er sieht dich, er geht mit dir mit und er trägt dich und formt dich, damit du immer mehr von seiner großen Güte erkennen kannst.

Nie hätte ich mir vorstellen können, wie sehr Gott meine größten Kämpfe in Segen verwandelt – nicht nur für mich, sondern auch für andere. Nie hätte ich mir vorstellen können, dass alles, womit ich jahrelang gerungen habe, eines Tages zum Segen für Hunderte und Tausende werden würde. Doch so ist Gott:

Wenn wir mit ihm gehen und ihm folgen, nutzt er unsere Tränen, um ganze Felder an Blumen zu gießen und sprießen zu lassen.

Doch lass uns nicht nur auf die großen Dinge fokussieren. Schau dir vor allem die kleinen Bereiche an, in denen du eine Entscheidung treffen kannst. Oft ist die Lösung nicht aufzuhören oder das Studium zu schmeißen, wenn es nicht passt. Als ich mir in meiner Studienzeit die Frage einmal gestellt habe, wo ich stehe, was gut läuft und was nicht so gut läuft, erkannte ich, dass ich es vermisste, mit Jugendlichen zu arbeiten. Über Jahre hatte ich in meiner Heimat eine Jugendgruppe geleitet und genoss die Arbeit mit jüngeren Menschen sehr. Es machte mir Freude, mit ihnen Beziehung zu bauen, über ihre Themen zu sprechen und gemeinsam Spaß zu haben. Am neuen Studienort hatte ich diese Möglichkeit nicht, und ich vermisste es. Ich kontaktierte also verschiedene Pfarreien in der Stadt Salzburg und fragte nach, ob es eine Jugendgruppe gebe, in der ich mich engagieren könnte. Völlig überwältigt meldete sich eine Pastoralassistentin zurück, die überglücklich über meine Anfrage war, weil sie gerade Firmlinge begleitet hatte, die in einer Jugendgruppe weitergeführt werden sollten.

Auch heute bin ich noch manchmal in Kontakt mit einer dieser Jugendlichen, und diese Zeit hat nicht nur mich, sondern auch sie sehr geprägt. Oft sind es kleine Schritte, die wir heute gehen können, die einen nachhaltigen Unterschied für dich und andere machen – es muss nicht die große Lebensveränderung sein. Bitte Gott dir zu zeigen, wo du dein Potenzial am besten ausleben kannst.

Was macht dich lebendig?

Stell dir einmal folgende Situation vor: Seit Wochen hattest du mit deinen Freundinnen ausgemacht, dass ihr an diesem Samstagmorgen ganz früh aufstehen werdet und euch auf den Weg auf einen Berg macht, um dort den Sonnenaufgang zu erleben. Ihr habt euch auf Instagram und Pinterest schon einige Fotos von Leuten angeschaut, die auf diesem Berg bereits einen Sonnenaufgang miterlebt haben, und die Bilder haben euch total begeistert. Das wolltet ihr unbedingt auch erleben. Bereits am Abend vorher packst du deinen Rucksack, stellst dir deine Schuhe vor der Haustür bereit und gehst früh schlafen, damit du auch wirklich fit bist für diesen Tag.

Um 4 Uhr morgens wirst du abgeholt und nach einer längeren Fahrt seid ihr am Berg angekommen, den ihr trotz Müdigkeit hoch motiviert besteigt. Noch liegt alles in tiefem Nebel und ihr seht weder den Weg recht gut noch die umliegende Landschaft. Doch je höher ihr kommt, desto mehr lichtet sich der Nebel und die Sicht wird klarer. Oben angekommen, bereitet sich vor euch ein Bild wie im Wanderführer. Ihr seid überwältigt vom Anblick der Natur und Gottes Majestät. Die ersten Sonnenstrahlen lassen das vor euch liegende Panorama in weichen Goldtönen glitzern und funkeln. Die unendliche Weite und Schönheit erfüllt eure Herzen mit einer tiefen Ehrfurcht vor Gottes Größe und seiner Schöpfung. Ihr strahlt einander an und seid unendlich dankbar für diesen gemeinsamen Moment, an den ihr euch immer erinnern werdet.

Wieder zu Hause bist du zwar supermüde, doch total erfüllt und voller Energie. Du hast dich durch diese Aktion wieder einmal richtig lebendig gefühlt und diese Lebendigkeit überträgt sich auch auf alle anderen Bereiche deines Alltags. Erfüllt und dankbar vom Wochenende bist du am Montag wieder voller Energie und Motivation für deine Uni. Du stehst früher auf, weil du gemerkt hast, dass dir das sehr guttut, fährst mit dem Rad zur Uni statt mit der Bahn, du lächelst deine Kommilitoninnen und Kommilitonen an, weil dein Tank an Leben so aufgefüllt wurde. Wenn man dich anschaut, strahlst du Leben und Gelassenheit aus.

Wann hast du dich zuletzt so richtig lebendig gefühlt? Und was hast du zuletzt getan, das deinem Alltag neue Energie gegeben hat? Wenn du etwas tust, das dich lebendig macht, ja das Leben in dir hervorruft, dann kannst du mehr Leben weitergeben. Du entwickelst mehr Freude, mehr Hoffnung, Zuversicht, Gelassenheit, Freundlichkeit und vieles mehr im Umgang mit deinen Kolleginnen und Kollegen, Freundinnen und Freunden, deiner Familie, deinem Partner oder deinen Kindern.

In Sprüche 4,23 lesen wir: »Vor allem aber behüte dein Herz, denn dein Herz beeinflusst dein ganzes Leben.« Weißt du, dass es deine Aufgabe ist, dein Herz zu behüten? Du kannst dein Herz behüten, indem du es vor negativen Einflüssen schützt, wie zum Beispiel zu vielen Schreckensnachrichten, falschen Freundinnen und Freunden, zu viel Werbung oder zu viel/zu schlechtem Social-Media-Gebrauch. In diesen Fällen schützt du dein Herz davor, dass Negatives hineindringt. Gleichzeitig bleibt dein Herz aber auch geschützt, indem du ihm Leben schenkst und es mit Gutem, Wahrem und Schönem nährst, damit es mehr von diesen Tugenden in dir und deinen Mitmenschen entzünden kann.

Erlaube dir, deinen Alltag mit mehr von den kleinen Dingen zu füllen, die dein Herz lebendig werden lassen.

Natürlich sollen und dürfen all diese Dinge nicht unsere Götzen werden und vor Gott stehen, doch wenn ich ein Problem unserer Zeit sehe, dann sind das leblose Herzen. Menschen, die zwar materiell alles haben, aber in ihren Herzen leer, einsam, hoffnungslos und trist sind. Wir dürfen als Christen in dieser Zeit neu Gottes Leben, seine Freude, seine Fülle und seine echte Freiheit in die Gesellschaft hineinhauchen und dies tun wir, indem wir selbst das Leben voll annehmen, das uns Jesus Christus am Kreuz neu geschenkt hat.

ACTION STEP

Überlege dir nun einmal: Was macht dich wirklich lebendig? Und seien es Kleinigkeiten im Alltag?

Gibt es etwas auf deiner Liste, von dem du heute schon mehr umsetzen kannst? Was kannst du heute tun, um mehr Lebendigkeit in deinen Alltag zu bringen? Vielleicht ist es nur, dir ein gutes, nährstoffreiches Abendessen zu bereiten und dabei gute Musik und eine Kerze anzuzünden. Bereits kleine Schritte können eine große Veränderung in deinem Herzen bewirken.

Weißt du, was mich lebendig macht? Mich macht ein Aperol Spritz mit einer Freundin in einem schönen Café und mit der untergehenden Sonne lebendig. Mich macht eine Spritztour im Sommer mit lauter Musik und offenen Fensterscheiben lebendig. Mich macht ein guter Kaffee und meine Bibel- und Gebetszeit am Morgen auf der Fensterbank lebendig, und ich liebe es, mit meinen Kindern durch die Natur zu gehen und sie zu entdecken. Außerdem lebe ich auf, wenn ich abends bei einem guten Duft im Diffuser, einer schönen Kerze und ruhiger Musik auf der Couch sitze und ein Buch lese oder, nachdem ich mich geschminkt habe, in den Spiegel schaue und mich über das vollendete Werk freue. Ich genieße es, neue Leute kennenzulernen, gute Gespräche bei gutem Wein und gutem Essen zu führen, zu tanzen, Sport zu machen und einen fitten Körper zu haben, neue Projekte umzusetzen und einfach nur in Gottes Gegenwart zu sein. Spürst du, wie Leben aufkommt, wenn du diese Zeilen ausfüllst?

Wer willst du mit 80 Jahren sein?

Kennst du Frauen, die 80 Jahre oder älter sind? Was strahlen sie aus? Haben sie Frieden mit Gott, ihren Mitmenschen und ihrem Leben geschlossen? Wie leben sie? Was beeindruckt dich an ihnen? Das Ende bereits am Anfang im Blick zu haben, schenkt Weisheit und Klarheit. Wie möchtest du mit 80 Jahren sein? Was möchtest du ausstrahlen? Was möchtest du gelebt haben? Welche Werte möchtest du verkörpert haben? Wie möchtest du, dass sich die Menschen, aufgrund der Erfahrungen, die sie mit dir gemacht haben, sich dir gegenüber verhalten? Was wünschst du dir, dass du erreicht, geschaffen, gearbeitet oder gedient hast? Wen oder was liebst du in diesem Alter, wem gehört dein Herz? Wofür hast du dich eingesetzt und setzt du dich immer noch ein, hast du die Kraft dazu?

ACTION STEP

Schreibe auf, wie du gerne mit 80 Jahren wärst.

Mir persönlich fallen so viele Dinge ein, die ich gerne mit 80 Jahren wäre. Ich wäre gerne immer noch schön, weil Schönheit eine Handschrift Gottes ist. Ich stelle mir vor, wie ich ein weiches, reines Herz habe, das jahrelang Menschen geliebt und gedient hat. Attribute wie Humor, Demut, Dankbarkeit und Gelassenheit werden mir zugeschrieben. Ich habe ein Herz, das Jesus vor allen und allem geliebt hat, das fest verankert in ihm ist und das sich durch nichts aus der Fassung bringen lässt – weil ich weiß, dass Gott mein Fels und meine Zuflucht ist. Es ist mir egal, was andere über mich sagen, ich liebe sie, auch im Schmerz. Mit 80 Jahren werde ich dankbar, fröhlich, innerlich heil und großzügig sein. Ich schaue auf ein Leben zurück, in dem ich groß geträumt und weise gehandelt habe. Mein Leben ist geprägt von einer tiefen Liebe und einer starken Verbindung zu meinem Mann und meinen Kindern. Alles habe ich in und durch Jesus getan, der meine Kraft ist. Und zu guter Letzt sehe ich, wie viele Menschen durch mich zu Jesus gefunden haben und mit mir in den Himmel einziehen.

2. Beginne deinen Hürdenlauf

Wenn du ehrlich zu dir selbst bist: Was hält dich heute davon ab, die Person zu sein, die du mit 80 Jahren sein möchtest? Mögliche Ursachen könnten sein:

- Ängste
- negative Gedanken
- Perfektionismus
- Angst, was andere sagen oder denken
- Lästern
- Lauheit
- Faulheit
- Social Media

Oder geht es dir auch manchmal so wie mir, dass du deine Erfüllung in anderen Dingen suchst statt bei Gott? Entweder beim Shoppen, bei den neuesten Trends, einer steilen Karriere oder in der Anerkennung anderer? Heute möchten wir Gott alles neu geben, was uns davon abhält, das für uns gedachte Leben zu führen.

Über längere Zeit war ich der Meinung, dass nichts schiefgehen kann und es mir gut gehen wird, wenn ich den sicheren Weg einschlage. Und vermutlich stimmt das auch bis zu einem gewissen Grad. Doch irgendwann kam ich zu dem Punkt, dass ich die Dinge nicht mehr in der Hand hatte. Je mehr ich mich anstrengte, die Dinge zu kontrollieren und den sicheren Weg zu gehen, desto eher wurde ich nervös, ängstlich, verunsichert, traurig oder sogar depressiv, wenn mein Leben nicht so verlief, wie ich es mir vorgestellt hatte. Auch den Jüngern ging es ähnlich. Immer wieder waren sie herausgefordert, Jesus zu vertrauen, nicht auf ihre eigene Stärke zu bauen, sondern auf ihn und sein Eingreifen zu warten. In den Momenten, in denen sie ihre eigene Kraft außer Acht ließen und Jesus ganz machen ließen, erlebten sie Wunder. Dann sahen sie das, was Gott ihnen versprochen hatte: »Wer aber von dem Wasser trinkt, das ich ihm geben werde, der wird niemals mehr Durst haben. Das Wasser, das ich ihm gebe, wird in ihm zu einer nie versiegenden Quelle, die unaufhörlich bis ins ewige Leben fließt« (Johannes 4,14).

Sehnst du dich auch so nach diesem frischen Wasser? Nach dieser Quelle, die sogar bis ins ewige Leben fließt? Meine Liebe, wir als Christinnen und Christen haben Zugang zu diesem Reichtum. Wir dürfen das volle Programm in Anspruch nehmen und uns von Jesus voll erfüllen lassen – allerdings dürfen wir lernen, unsere kleinen Sicherheitsschlupflöcher aufzugeben und Jesus ganz zu vertrauen. Wenn du ihm die Kontrolle übergibst, kannst du in Gottes uneingeschränkte Fülle und seine Berufung für dich eindringen.

Sieh dir noch mal die Liste der möglichen Ursachen oben an. Wo fühlst du dich angesprochen? Gibt es etwas, das du Gott neu geben möchtest, einen Bereich, in dem du neu deine Kontrolle abgeben willst, damit Gott die Kontrolle übernehmen kann? Damit er ans Werk gehen und dich gebrauchen kann? Wenn dich eines dieser Punkte anspricht, lade ich dich ein, folgende Gebete auszufüllen und zu beten.

Jesus, heute übergebe ich dir neu meine Angst. Ich will sie nicht mehr mit mir herumtragen. Ich will frei sein, weil ich weiß, dass du für mich sorgst. Ich weiß, dass du mein guter Hirte bist und es mir an nichts fehlen wird. Heute gebe ich dir meine Angst und entscheide mich trotz meiner Angst, mutig voranzugehen, weil du mir zeigst, wie das gehen kann. Herr, verwandle meine Angst in Freude und Freiheit. Amen.
Jesus, heute übergebe ich dir meine negativen Gedanken und alle Hoffnungslosigkeit. Konkret übergebe ich dir die Gedanken, dass

- -

Jesus, ich vertraue dir. Ich will heute neu aussprechen und manifestieren, dass du der Herr bist über diese Welt, meine Situation und mein Leben. Ich will leben, weil du mich gewollt hast und weil du wolltest, dass ich lebe. Dieses Leben nehme ich heute neu aus deiner guten Hand an. Danke für deine Treue. Amen.
Jesus, heute gebe ich dir meinen Perfektionismus, meine Furcht vor dem, was andere über mich denken oder sagen, und mein Urteilen über andere. Guter Vater, vor dir darf ich so sein, wie ich bin, so wie jeder Mensch auf dieser Welt dies darf. Du hast mich und alle Menschen unendlich geliebt – noch vor Erschaffung der Welt. Heute übergebe ich dir meinen Stolz, meine Einstellung, alles besser zu wissen oder zu können, und ich sage Ja zu dem einfachen Leben, das deine Größe sehen und erkennen kann. Hilf mir auch im Alltag, meinen Perfek-

tionismus, meine Menschenfurcht und mein Urteilen zu entlarven und vor deinen Thron zu bringen. Amen.
Jesus, heute übergebe ich dir meine Faulheit, Lauheit und mein Opferdenken. Ich will das Leben, das du mir geschenkt hast, wirklich leben. Du hast mir alles und viel mehr gegeben, als ich brauche, und ich möchte die Dinge annehmen und gestalten, die du mir geschenkt hast. Danke für alle deine Gnade. Amen.
Jesus, heute übergebe ich dir meine kleinen Fluchtwege im Alltag. Überall, wo ich versuche aus meinem Alltag auszubrechen und mein Leben unbewusst nicht annehme, indem ich auf WhatsApp, Instagram, TikTok oder sonstigen sozialen Medien abhänge. Vater, du kennst und siehst, was ich brauche, und all meine Bedürfnisse werden bei dir gestillt. Herr, ich will nur in deine Arme fliehen. Amen.

Falls dir zu einem Punkt mehrere Unterpunkte einfallen, ermutige ich dich, in deinem Tagebuch oder auf einem separaten Papier das Gebet noch einmal abzuschreiben und konkret für diesen Punkt das Gebet noch einmal zu sprechen. Heute ist die Zeit, deine Ängste, negativen Gedanken und alles, was dich von Gott und seiner Berufung trennt, ihm zu geben und das freie Leben anzunehmen, zu dem du bestimmt bist. Stell dir einmal die Fragen, was du tun würdest, wenn Geld, Zeit, Status, Ansehen, etc. keine Rolle spielen würden. Was wolltest du schon immer einmal ausprobieren, starten oder beenden?

Als ich in Italien auf das sanfte Säuseln des Heiligen Geistes hörte und seine Vision für mich ernst nahm, war diese Frage ein ausschlaggebender Grund, warum ich wirklich anfing zu schreiben: Wenn Zeit, Geld, Status, Ansehen, etc. keine Rolle spielen würden, dann würde ich genau das machen wollen: Gottes Liebe zu seinen Geschöpfen in die Welt tragen.

ACTION STEP

Wenn alles wegfallen würde, woran du gerade deine Sicherheiten hängst: Was würdest du tun?

Erkenne deine Werte

Was ist dir wirklich wichtig? Dein Leben bekommt Bedeutung und Sinn, wenn du im Einklang mit den Werten lebst, die dir persönlich wirklich wichtig sind. Die Psychologin Dr. Julie Smith schreibt in ihrem Buch »Why Has Nobody Told Me This Before?«, dass viele Menschen eine Therapie brauchen, weil sie sich in ihrem Leben verloren fühlen und nicht mehr nach den Werten leben, die ihnen eigentlich wichtig sind.[11] Werte würde ich als die Zusammenfassung der Vorstellungen darüber beschreiben, wie du dein Leben führen möchtest, was für ein Mensch du sein willst und für welche Prinzipien du stehst. Werte sind nicht wie Ziele konkrete Schritte, die du gehen kannst, um messbare Erfolge zu erkennen. Vielmehr beschreiben Werte den Weg, für den du dich entscheidest. Dieser Weg allerdings kann sich durch veränderte Umstände oder Situationen mit der Zeit stetig verändern. Dieser Weg – deine Werte –, für den du dich entscheidest, ist so wichtig für dich, dass du dafür auch all die Herausforderungen auf dich nimmst, die dieser Weg mit sich bringt.

Als ich mir vor ein paar Jahren die Frage über meine Werte gestellt hatte, war ein wichtiger Punkt, dass ich mein Wissen und meine Erfahrungen gerne weitergeben möchte. Mir ist es (vielleicht weil ich die älteste Schwester von fünf bin ☺) ein großes Anliegen, nicht nur für mich Erfahrungen zu sammeln, sondern auch andere mit meinen Erkenntnissen zu segnen. Ich möchte für Jesus brennen und den Menschen das weitergeben, was mir am wichtigsten ist: mein Glaube an den lebendigen Gott. Ich möchte ein Mensch sein, der großzügig am Leben teilhaben lässt, Wahrheit benennt und mutig ausspricht, und will den Segen, den ich selbst empfangen habe, uneingeschränkt weitergeben.

Werte können sich von Zeit zu Zeit auch ändern, und es muss sich nicht immer gut anfühlen, nach seinen Werten zu leben. Auch wenn man weiß, dass es das Richtige ist. Nachdem ich mich entschieden hatte, meinen Glauben auch auf Instagram zu teilen, schrie jedes Mal, wenn ich eine Story aufnahm, alles in mir: »Hör auf! Du bist ja peinlich!«, aber meine Motivation, ein Leben nach meinen wichtigsten Werten zu leben, war größer als die Furcht, von Menschen abgelehnt zu werden. Heute ist mir viel wichtiger, meine Kinder zu starken und gottesfürchtigen Personen zu begleiten, und somit verändern sich auch meine Ziele. Ich nehme viel weniger Anfragen an und wäge genau ab, was ich tue und was nicht. Auch wenn ich gerne mehr Anfragen annehmen würde, würde ich dann nicht meinen Werten entsprechend leben. Nach seinen Werten zu leben, bedeutet nicht immer, dass es leichtfällt oder sich gut anfühlt. Immer wieder dürfen wir neu einstufen, was uns in der jetzigen Situation wichtig ist und wie wir dies im Alltag leben können.

Es gibt soooo viele Möglichkeiten, wie du dein Leben gestalten kannst. Du kannst dich für unglaublich viele Wege entscheiden. Jeder Weg wird auch seine Herausforderungen und Challenges haben. Aber genau auf dem Weg zu bleiben, der deinen Werten entspricht, wie du leben willst, was für ein Mensch du sein möchtest und wofür du stehen willst, gibt dir die Kraft, in all den Herausforderungen standzuhalten, die dieser Weg mit sich bringt, und gibt all diesen Ereignissen Sinn und Bedeutung. Dieses Prinzip lässt sich auf alle möglichen Bereiche deines Lebens anwenden. Was für eine Freundin, Ehefrau, Schwester, Partnerin, Familie, Studentin, Kollegin etc. möchtest du sein? Für welche Werte stehst du?

Wir haben vor einigen Jahren schon festgelegt, dass wir eine Familie sein werden, die sich nicht von Angst leiten lässt. Immer wieder, wenn Entscheidungen anstehen oder das Leben nicht so leicht ist, wie wir es gerne hätten, halten wir uns vor Augen, dass wir eine Familie sind, die keine Angst hat. Mit dieser Grundentscheidung im Hinterkopf haben wir schon manch eine Lösung gewählt, die nicht die leichteste war, uns aber unglaublich viel Ruhe und Frieden geschenkt hat.

Unter Werte fällt nicht dein Besitz, wer du bist oder sein wirst, was du erreichst oder was du vollbringst. Werte sind vielmehr die Dinge, die du tust, die Haltung, mit der du sie tust, und warum du dich entschieden hast sie zu tun. Lebst du nach deinen Werten? Manchmal kommt das Leben dazwischen, du verlierst die Spur, oder deine Situation hat sich so verändert, dass es wieder an der Zeit ist, deine Werte zu überdenken, neu zu definieren und neu herauszufinden, was dir wirklich wichtig ist.

Haben wir unsere Werte vergessen, tun wir viel mehr Dinge, die wir eigentlich nicht tun wollen. Wir richten uns nach der

Meinung anderer Menschen aus und erliegen dem Trugschluss, dass wir erst glücklich und zufrieden sein können, wenn wir ein bestimmtes Ziel erreicht haben. Nur um herauszufinden, dass dies eine Lüge ist, der wir nachgelaufen sind. Ein Leben außerhalb unserer Werte bringt uns dazu zu glauben, dass echtes Glück und Erfüllung erst zu einem späteren Zeitpunkt in der Zukunft erreicht werden können. Wo uns doch jetzt schon alles gegeben ist, was wir brauchen.

Dein Leben wird erfüllt, sinnvoll und bekommt Bedeutung, wenn du auf das sanfte Säuseln des Heiligen Geistes hörst, der dir einflüstert, worauf es in deinem Leben wirklich ankommt.

Was, wenn du heute ein Leben führen kannst, das dir Sinn und Bedeutung schenkt, indem du im Einklang mit dem lebst, was dir am wichtigsten ist?

Aus diesem Grund befassen wir uns in diesem Buch viel mehr mit dem, wie du sein möchtest, als mit dem, was du tun wirst. Es ist viel wichtiger, wer du bist, wofür du stehst und wie du leben möchtest, als was du für Ziele erreichst. Mit einem starken »Why« im Hintergrund fällt es dir leicht, die Hürden, die dieser Weg mit sich bringt, erfolgreich zu bestehen.

ACTION STEP

Wie ist es dir wichtig zu leben?

Was für ein Mensch möchtest du sein?

Wofür stehst du?

Pflege deine Beziehung zu Gott

Das Wichtigste, was wir im Leben tun können, sagt Jesus in Johannes 15,5: »Ich bin der Weinstock; ihr seid die Reben. Wer in mir bleibt und ich in ihm, wird viel Frucht bringen. Denn getrennt von mir könnt ihr nichts tun.« Nur wenn wir mit Gott verbunden bleiben, nur wenn wir nahe an seinem Herzschlag leben und mit ihm in Verbindung stehen, können wir Frucht bringen. Und dann werden wir nicht nur Frucht bringen, sondern viel Frucht. Was für eine Verheißung! Lass uns einmal anschauen, wie wir mit Gott in Verbindung bleiben können und wie unsere Verbindung zu ihm sogar wachsen kann.

ACTION STEP

Wodurch begegnest du Gott und seiner Liebe zu dir im Alltag?

Ich begegne Gott im Alltag zum Beispiel ganz konkret durch Lobpreis, in der Natur, in der Stille, in der Anbetung, im Abendmahl, im Kontakt mit bestimmten Freundinnen, die ein gottgefälliges Leben führen, in der Bibel, im gemeinsamen Gebet und in den Worten meines Mannes, in und mit meinen Kindern und vielem mehr. Mach auch du dir einmal Gedanken, wo du schon einmal Gott begegnet bist. Vielleicht fällt dir nur eine Sache ein, dann ist es vielleicht an der Zeit, diesen Ort wieder einmal aufzusuchen oder wieder einmal das zu tun, bei dem du ihm schon einmal begegnet bist. Du brauchst nicht unbedingt eine lange Liste, sondern bereits ein Punkt ist ein super place to start. Am Ende des Buches findest du noch einige Vorschläge, wie du beten und deine Beziehung zu Gott intensivieren kannst.

Ich vermute, auch in deinem Leben gibt es manchmal allerdings Phasen, in denen du so viel zu tun hast und dir so viele Gedanken und Herausforderungen zu schaffen machen, dass du viel zu wenig Ruhe in dir hast, um ins Gebet zu finden. Vielleicht stellst du dir einmal die Frage, was dich im Moment davon abhält, Gott zu begegnen, und was du konkret tun oder lassen kannst, um ihm wieder nahe zu sein.

Als ich mir Ende des Jahres bei meiner jährlichen Arbeit mit dem »My Vision Planner« diese Frage gestellt habe, ist mir aufgefallen, dass es an der Zeit ist, meine Bibel wieder regelmäßig herauszuholen, tagsüber Lobpreis im Hintergrund laufen zu lassen und Predigten auf YouTube oder christlichen Radiosendern anzuschalten, wenn ich gerade die Küche aufräume oder putze. Natürlich kann ich mir auch vornehmen, morgens meine Gebetszeit wieder konsequenter einzuhalten, doch das ist mit kleinen Kindern im Moment vielleicht ein zu großes Ziel. Ich kann aber trotzdem beginnen, meinen Alltag wieder mehr mit der Gegenwart Gottes zu füllen, denn das ist bereits ein guter erster Schritt, der es mir sicher erleichtert, auch meine Bibel wieder häufiger herauszuholen.

ACTION STEP

Was sind für dich leichte Schritte, wie du Gott wieder mehr in deinen Alltag holen kannst?

Nimm dir Zeiten der Stille

Die Stille ist ein Ort des Friedens, der Reife, des Wachstums und der Ort, an dem wir das ausüben können, wovon es in unserer Welt gerade zu wenig gibt – nämlich das Sein. Dort kann sich ein aufgewühlter See beruhigen, sodass der Boden sichtbar wird. Jesus sagt selbst: »Nehmt mein Joch auf euch. Ich will euch lehren, denn ich bin demütig und freundlich, und eure Seele wird bei mir zur Ruhe kommen« (Matthäus 11,29). Gerade in Zeiten der Veränderung (in der wir stehen, wenn wir uns auf die spannende Reise zu Gottes Vision für unser Leben machen), und in Zeiten der Unsicherheit brauchen wir sie mehr denn je: die Ruhe bei Jesus.

ACTION STEP

Überlege einmal, wo für dich Orte der Stille sind und wie deine Seele zur Ruhe kommt, wenn dich die Sorgen der Welt zu sehr aufwühlen.

Meine Seele kommt zur Ruhe, wenn ich morgens mit einem Kaffee, meiner Bibel und einer Kerze zu den Füßen Jesu sitze, wenn ich ihm abends kniend meinen Tag in seine Hände zurücklege, wenn ich in den Gottesdienst gehe und bete, wenn ich in die Anbetung gehe und Lobpreis mache. Wenn ich das immer wieder bewusst praktiziere und mir Zeit dafür nehme, fühle ich inneren Frieden und kann mit dem Psalmisten sagen: »Ich will mich in Frieden hinlegen und schlafen, denn du allein, Herr, gibst mir Geborgenheit« (Psalm 4,9).

Sprich dein Ja oder Nein

Innerhalb der Seligpreisungen, die Jesus auf einem Berg als Predigt hält, spricht er auch darüber, dass wir nicht halbherzig reden sollen: »Sagt einfach ›Ja‹ oder ›Nein‹« (Matthäus 5,37; NLB). Wie oft geben wir ein »Ja, aber …«, ein »Wenn …, dann ja« oder »Wenn …, dann nein« von uns. Wie hilfreich wäre es stattdessen, wenn unsere Worte überlegt wären und wir zu hundert Prozent zu dem stehen würden, was wir sagen!

ACTION STEP

Überlege dir einmal, wozu du in deinem Leben mit ganzem Herzen Ja sagen möchtest.

Und überlege dir dann, wozu du wirklich Nein sagen willst.

Mir bewusst zu sein, was ich durch mein Ja in mein Leben hineinlasse und wovor ich die Tür schließe und eine Grenze setze, ist für mich essenziell wichtig.

»Was keine Grenze hat, besitzt sich selbst nicht«, lautete der Titel einer Tagung an der Universität in Heiligenkreuz. Kennst du deine Grenzen und bist du bereit, sie auch vor anderen zu schützen?

In meinem Leben möchte ich ganz klar Ja zu Ermutigung, Ruhe und Stille sagen. Ich sage Ja dazu, dass Jesus mein Herz verändern darf und ich Feedback von Menschen einhole, deren Rat mir wichtig ist. Ich sage Ja zu Dankbarkeit und Verzeihen, zu Freude und Annahme. Ich sage Ja zum Loslassen von Dingen, die mir schaden, Ja zu gutem Schlaf, Routine, Urlaub und Erholung. Ich sage Ja zu mir und meinen Kraftquellen und stehe auch vor anderen für sie ein.

Auf der anderen Seite sage ich in meinem Leben Nein zu folgenden Dingen (und allein es auszuschreiben und vor euch zu präsentieren hilft mir, dies im Alltag umzusetzen und nicht zu vergessen): Ich sage Nein zu Vergleichen, Menschenfurcht, alten Verletzungen und Unvergebenheit. Ich lasse mich nicht fertigmachen von zu hohen Ansprüchen an mich selbst und an andere und von Hast und dem Gefühl, »schnell, schnell« Dinge tun zu müssen. Ich sage Nein zu Angst und dazu, Probleme mit mir selbst auszumachen. Außerdem sage ich Nein dazu, abends zu spät ins Bett zu gehen und mir keine Pausen zu gönnen.

Nimm dir Zeit und überlege, wozu du konkret Ja und Nein sagen willst. Gerne kannst du deine Antworten auch mit einer Freundin, einer nahestehenden Person oder deiner »Shining Bright Squad« teilen.

3. Erkenne deine Vision

Du bist nun durch ganz schön viele Fragen gegangen! Toll, dass du bis hierhin durchgehalten hast! Nun wollen wir uns auf den Weg machen, eine konkrete Vision für dein Leben zu formulieren. Mir ist es dabei wichtig zu betonen, dass Gott immer im Hier und Jetzt ist und spricht. Es kann sein, dass er dir in der Zukunft etwas anderes aufträgt, doch hier wollen wir uns darauf fokussieren, was Gott heute von dir möchte – nicht in zwei oder in zehn Jahren.

Heute beginnt die Zukunft und heute ist der Tag, den wir gestalten können.

Ich lade dich ein, noch mal durch das letzte Kapitel mit all deinen Antworten zu gehen und alles bunt anzustreichen, was dir auffällt. Male, zeichne oder markiere alles, was dir als wichtig erscheint. Gibt es einen roten Faden? Gibt es etwas, das du immer wieder geschrieben hast? Ist da etwas, das dir besonders wichtig ist? Vielleicht will Gott dir zeigen, dass gerade dies ein Bereich ist, auf den du besonderes Augenmerk legen darfst.

ACTION STEP

Schließe nun deine Augen und bitte Gott, dir Antworten auf folgende Fragen zu geben: Gott, was hast du für mich vorbereitet? Worin soll ich mich investieren? Worin sollen meine Ressourcen, meine Zeit, mein Geld, meine Gedanken und meine Gebete besonders fließen? Was ist dir im Moment für mein Leben besonders wichtig? Hat Gott zu dir gesprochen? Schreibe es hier auf:

Weiter kannst du dir über folgende Dinge Gedanken machen und sie aufschreiben. Erinnere dich bei der Beantwortung der Fragen daran: Das, wie du bist, ist viel wichtiger, als das, was du tust!
Wie kann ich das, was mir wirklich wichtig ist, in meinem Alltag konkret umsetzen?

Was würde ich angehen, wenn ich sehr mutig wäre und Gott uneingeschränkt vertrauen würde?

Was kann ich heute tun, um der Person näher zu kommen, die ich mit 80 Jahren sein will?

Wie kann ich lebendiger leben und wie kann ich mehr zu der Person werden, die Gott in mir sieht?

Wenn du möchtest, kannst du auch zu allen Bereichen aus der Frage »Was läuft gut? Und was läuft nicht so gut?« aufschreiben, was du für Veränderungen in den jeweiligen Bereichen sehen möchtest.

Heute will ich …

… in Bezug auf mich selbst Folgendes tun:

… in Bezug auf meine Familie Folgendes tun:

… in Bezug auf meine Freundschaften Folgendes tun:

… in Bezug auf meine Schule/Ausbildung/Arbeit oder Studium Folgendes tun:

… als Single oder in meiner Partnerschaft Folgendes tun:

… in Bezug auf meine Beziehung zu Gott Folgendes tun:

… in Bezug auf Ruhe und Erholung in meinem Leben Folgendes tun:

Streiche nun die drei Bereiche an, die dir besonders wichtig vorkommen und an denen du vor allen anderen arbeiten willst.

Dein Mission-Statement

A. Wie willst du leben?
   Sieh dir noch einmal die Liste an, wie du mit 80 Jahren sein möchtest. Welche drei Eigenschaftswörter sind dir besonders wichtig?

B. Wo glaubst du, dass Gott dich mehr gebrauchen will? Was hast du, während du durch den Prozess dieses Buches gegangen bist, über dich und Gottes Auftrag an dich gelernt? Was wirst du mit Gottes Hilfe umsetzen oder tun, damit du deiner Vision näher kommst? Was würdest du tun, wenn du keine Angst hättest und voller Mut wärst? Hier kannst du einen oder mehrere Punkte einsetzen:

Ich selbst hätte hier vor ein paar Jahren aufgeschrieben: Gott ruft mich dazu, junge Menschen zu ermutigen und einen Blog zu starten. Ich sehne mich danach, sie erkennen zu lassen, wie sehr Gott sie liebt und wie gut er es mit ihnen meint. Ich will ihnen meinen größten Schatz weitergeben: den Glauben an Jesus Christus. Für meine heutige Lebensphase weiß ich, dass Gott mich dazu ruft, eine gute Mutter und Ehefrau zu sein. Er will, dass ich innerlich heil und nahe an seinem Herzen bin, damit meine Kinder in einem fröhlichen, friedlichen und freudenerfüllten Haus aufwachsen können. Er will außerdem, dass mein Mann und ich eine starke Ehe haben und ein Team sind.

C. Schreibe nun auf, welche konkreten kleinen Schritte du vermehrt gehen kannst und welche Ideen du hast, um das, was du unter B aufgeschrieben hast, umzusetzen. Wie kannst du heute konkret an dieser Vision arbeiten?

1. ______________________________

2. ______________________________

3. ______________________________

Aus meinem Beispiel: Ich verbringe vermehrt Zeit mit jungen Mädels, lerne sie kennen und höre mir ihre Sorgen und Probleme an. Ich beobachte genau, wer sie sind und was sie beschäftigt. Ich bitte Gott, mir zu zeigen, was Lösungen für ihre Probleme sein könnten. Außerdem starte ich einen Blog und versuche die Botschaft Jesu mutig in die Welt zu tragen.

Aus heutiger Sicht sieht meine Antwort so aus: Ich suche Gott täglich im Alltag und in meiner stillen Zeit und gebe ihm meine Priorität. Ich genieße es, in einem gesunden Körper und Geist zu wohnen. Ich mache mich schön und bin mir selbst eine gute Freundin, indem ich gut darauf höre, was ich brauche, und dies in meinen Alltag integriere. Ich bemühe mich täglich um eine tiefe Freundschaft zu meinem Mann. Ich ehre ihn, höre ihm zu und ermutige ihn, wenn er Ermutigung braucht. Wir verbringen Qualitätszeit zusammen, die uns den Alltag mit Kids versüßt. Ich bin seine erste Unterstützerin und tue ihm Gutes. Außerdem gehe ich regelmäßig in den Gottesdienst, habe eine geistliche Begleitung und eine Mentorin, die mich im Falle, dass ich Hilfe von außen benötige, begleiten kann. Ich bilde mich weiter und spreche mit erfahrenen Müttern, die mir ein Vorbild sind, wie ich langfristig eine gute Beziehung zu meinen Kindern aufbaue, sie gut erziehe und ihnen die Freude an der Beziehung mit Jesus Christus weitergeben kann. Ich höre nicht auf zu lernen, mich zu entschuldigen, und bemühe mich, in den Tugenden der Geduld und des Sanftmuts zu wachsen. Ich diene jungen Frauen mutig, indem ich mich im Alltag und auf Social Media zeige und Ermutigung zuspreche. Ich liebe meine Mitmenschen durch eine Haltung der Achtung, des Respekts und des echten Interesses am anderen.

Spürst du, wie viel Kraft dahintersteht, wenn wir unsere Visionen und deren konkrete Umsetzung ausschreiben? Wenn sie nicht nur in unseren Köpfen als vage Ideen verbleiben, sondern schwarz auf weiß lesbar sind und jederzeit wieder herausgekramt werden können? Sei mutig und schreib das auf, was Gott dir ins Herz legt!

Deine Erklärung schwarz auf weiß:

Als eine

\- -

(füge hier die drei Punkte aus A ein)

Frau werde ich mit Gottes Hilfe

\- -

(füge hier aus B ein, was du tun wirst).

Dies tue ich, indem ich

\- -

(füge hier aus C die Punkte ein).

Herzlichen Glückwunsch: You did it!

Du bist deinem Wunsch, Gottes Vision für dein Leben (im Hier und Jetzt) näher zu erkennen, ein ganzes Stück weitergekommen. Was für ein Meilenstein! Lass uns diesen Meilenstein gemeinsam durch ein Gebet feiern:

Mein guter Papa im Himmel, ich danke dir, dass du Pläne des Heils mit mir und mit der ganzen Welt hast. Danke, dass du mich in Verbindung mit anderen und der ganzen Kirche gebrauchen willst, um dein Reich aufzubauen. Danke, dass ich das Privileg habe, dir nachzufolgen und mich mit dir auf ein Abenteuer machen darf. Hilf mir, die richtigen Schritte zu tun und mutig und kühn deine Wege zu gehen. Hilf mir, dir treu zu sein, dir gehorsam zu dienen und freudig deine Botschaft zu verkünden. Öffne die Türen, die geöffnet gehören, damit dein Reich weiterwachsen kann, und schließ die Türen, die geschlossen gehören – in deinem Namen und mit deiner Kraft. Alles, was mich abhalten will, deinen Willen zu tun, muss fliehen im Namen Jesu, und komme nie wieder zurück. Mein Leben, meine Gedanken und mein Haus sei erfüllt mit der Freude und der Kraft Jesu Christi, die alles menschliche Denken übersteigt. Danke für deine Güte. Amen.

Um deine Mission stets vor Augen zu haben, lade ich dich ein, dein Mission-Statement noch einmal abzuschreiben und an einen Ort in deiner Wohnung zu hängen, an der du es oft siehst. Dies kann am Spiegel, über deinem Bett oder auf dem Kühlschrank sein. Lass dich immer wieder daran erinnern, was Gott gerade von dir möchte und welche Schritte du gerade gehorsam umsetzen darfst. Nach einigen Wochen oder Monaten kann es sein, dass die aufgeschriebenen Worte nicht mehr so relevant sind wie heute. Vielleicht hat sich etwas weiter gewandelt. Vielleicht sind Türen auf- oder zugegangen, mit denen du nicht gerechnet hättest. Dann kannst du noch einmal zurückkommen zu diesem Abschnitt im Buch und noch einmal durch die Fragen gehen, um dein Mission-Statement aktuell zu halten.

Vielleicht bist du nun etwas überrascht davon, dass es derart leicht sein soll, Gottes Vision für dein Leben zu erkennen. Und ich will dir sagen: Ja, so leicht kann das sein! Für den jetzigen Moment brauchst du nicht mehr zu wissen als das, was du nun weißt. Oft wollen wir bereits in der Gegenwart das Ende vor Augen haben. Oft wollen wir am Anfang schon wissen, wie die Reise endet. Manchmal zeigt Gott einem das Ende auch, wie er es z. B. bei David getan hat, der schon als kleiner Junge zum König gesalbt wurde (vgl. 1. Samuel 16,11 ff.). Ihm war wohl sein ganzes Leben lang bereits bewusst, dass er einmal König werden würde. Vermutlich konnte er dies aber nicht glauben, als er tagelang Schafe auf dem Feld hütete.

Vielleicht hat Gott dir bereits jetzt gezeigt, was er mit dir in zehn, zwanzig oder dreißig Jahren vorhat. Den meisten von uns gibt er seine Aufträge allerdings im Gehen, Schritt für Schritt. Wie Esther, die erst im Moment der Bedrängnis ihres Volkes den Mut und den Auftrag bekommt zu handeln. Wenn Gott uns einen Auftrag gibt, erkennen wir auch immer seinen roten Faden. Auf einmal fällt es dir wie Schuppen von den Augen, wieso du gewisse Herausforderungen zu durchleben hattest, und du erkennst das Trainingslager Gottes, durch das du bereits gegangen bist.

Hab also Mut. Geh die ersten Schritte treu im Glauben und du wirst sehen, ob Gott den Weg leitet, wie er weiterspricht, welche Türen aufgehen oder zubleiben und was er weiter mit dir vorhat. Heute darfst du darauf vertrauen, dass der Heilige Geist in und bei dir ist und Gottes Wort dir treu ist.

ACTION STEP

Wie wird dein Leben sein, wenn du Gottes Vision für dein Leben umsetzt? Damit sich Gottes Vision nicht nur in deinen Gedanken aufhält, sondern tiefer in dein Herz rutscht und von diesem Ort auch deine Gedanken wieder positiv beeinflusst, lade ich dich ein, deine Antworten zu folgenden Fragen aufzuschreiben:

Was wäre schlimm daran, wenn ich mein Ziel nicht erreichen würde?

Wenn ich

nicht tun würde, dann würde ich mich

fühlen. In meinem Leben würde

fehlen.

Warum möchtest du Gottes Vision für dein Leben Realität werden sehen?

Wie fühlst du dich, wenn du das Ziel erreicht hast und deiner Vision entsprechend lebst?

Was wirst du tun, wenn dich der Mut oder die Motivation verlässt?

Wie wirst du feiern, wenn du in Gottes Vision für dein Leben lebst?

Meine Liebe, du bist nun durch einen tiefen, anstrengenden Prozess gegangen! Ich ziehe meinen Hut vor dir, dass du dich so tief auf den Prozess mit dem Heiligen Geist eingelassen hast, Dinge mutig angeschaut hast und dir selbst erlaubt hast zu träumen. Ich bete, dass der Herr deine tiefe Sehnsucht, ihm zu gefallen, ihm nachzufolgen und seine Wege für dich zu gehen, sieht und dich dafür überreich belohnt. Du bist auf einem guten Weg! Mach weiter so!

IV. SETZE DEINEN RUF IM ALLTAG UM

1. Kleine Schritte führen zum Ziel

Nun gilt es, das im Alltag umzusetzen, was du durch dieses Buch erkannt hast. Es kann sein, dass dir durch deine Arbeit mit »Shining bright« klar geworden ist, was dir wirklich wichtig ist. Oder Gott hat dir etwas ins Herz gelegt, dem du dich anschließen oder das du starten sollst – ein Hobby, ein Projekt oder mehr Zeit für Stille oder Gebet. Egal was, alles beginnt in kleinen, gut überlegten Schritten und dem richtigen Mindset – wie bei einer Bergbesteigung. Hier sind ein paar Tipps, wie du konkret an deiner Vision arbeiten kannst:

Führe Routinen ein

Dein Leben ist so lebenswert wie der Alltag, aus dem es besteht.

Fülle deinen Alltag mit kleinen Routinen, die dich nach deiner Vision leben lassen. Gib den Dingen, die Priorität haben, einen Platz in deiner Tagesstruktur oder deiner Woche. Früher habe ich mir in der

Schule vor einer Klausur zwei Tage vorher alles an Lernstoff reingezogen, nur um die Nacht vor der Prüfung festzustellen, dass ich zu wenig Zeit hatte. Heute habe ich gelernt, meine Ziele als Routinen in kleine Schritte aufzuteilen. Als Mama hätte ich mir niemals drei Wochen Urlaub nehmen können, um dieses Buch zu schreiben, doch ich konnte mich ein halbes Jahr vor der Abgabe wöchentlich an zwei Abenden jeweils eine oder zwei Stunden ans Buch setzen und schreiben. Nach einem halben Jahr war das Buch geschrieben. Eine Schippe Sand nach der anderen ergibt einen großen Berg.

Geh deine Vision schlau an

Brich deine Vision auf viele kleine machbare Schritte herunter und notiere dir in deinem Kalender, wann du an diesen kleinen Schritten arbeitest. Dieses Prinzip ist auf jedes beliebige Ziel anwendbar: Du möchtest dich gesünder ernähren? Mach dir einen Essensplan, überlege dir, wann du was einkaufen musst und wann du was kochen wirst. Vielleicht ist es dir unmöglich, zu Mittag zu kochen, doch am Abend hast du Zeit, dein Mittagessen für den nächsten Tag vorzubereiten.

Du möchtest an einer lebendigen Kirche bauen und sehnst dich nach mehr christlichen Freundschaften? Schau dich um, wo es diese bereits in deinem Umfeld gibt, und dann geh einmal im Monat hin. Bereits kleine Veränderungen können auf lange Zeit einen großen Unterschied machen! Du wirst neue Menschen kennenlernen und davon lernen, wie lebendige Kirche auch in deiner Gemeinde entstehen kann. Oder du lernst eben, wie sie eher nicht entsteht. ☺

Du möchtest dein künstlerisches Talent ausbauen oder ein neues Hobby beginnen? Informiere dich, wo es in deinem Umfeld z. B.

Handlettering-Workshops gibt oder Photoshop-Kurse angeboten werden.

Set yourself up for success

Ich liebe diesen Satz! Set yourself up for success – bereite dich darauf vor, erfolgreich zu sein. Diese Worte habe ich in einem Erziehungspodcast von Janet Lansbury gehört, und eigentlich ging es darum, wie man sein Kind bereits im Vorfeld am besten auf eine herausfordernde Situation vorbereitet, damit es diese dann gut meistern kann.[12] Was auf Kinder zutrifft, ist aber auch für uns Erwachsene von Bedeutung. Wenn ich mein Morgengebet machen möchte, fange ich bereits am Abend an, meinen Wecker zu stellen. Ich lege mir meine Bibel und wichtige ausgedruckte Gebete in meine Gebetsecke. Manchmal fülle ich sogar schon meine Kaffeemaschine mit frischem Kaffee und stelle eine leere Tasse mit einem frischen Löffel daneben, damit ich am nächsten Morgen nur noch auf das Knöpfchen drücken muss, um den Kaffee danach zu genießen. Ich lege mir das Feuerzeug neben die Kerze und stelle meinen Gebetsschemel bereit.

Indem ich alles frühzeitig vorbereite, habe ich nicht nur am nächsten Tag bereits alles zur Hand, sondern ich spüre auch am Abend vorher schon eine Vorfreude auf den Moment, wenn ich mich dann mit meinem frischen Kaffee zu den Füßen Jesu platziere.

Dieses Prinzip ist auf alle möglichen Bereiche anzuwenden. Wenn du für eine Prüfung lernst, bereite dir am Abend vorher deinen Schreibtisch schon so vor, dass du dich am nächsten Morgen mit Freuden hinsetzt. Müsstest du den Schreibtisch erst noch aufräumen und deine ganzen Dokumente suchen, ist es total verständlich, dass es dir schwerfällt, dich zu motivieren, dich an den

Schreibtisch zu setzen und für eine Prüfung zu lernen. Ist der Schreibtisch allerdings schon aufgeräumt und die Dokumente, die du an diesem Tag durcharbeiten solltest, liegen schön geordnet ganz obenauf, macht es doch viel mehr Spaß zu starten. Oft ist mein erstes To-do nur, den ersten richtigen Schritt vorzubereiten. Gerade die Dinge, die mich besonders viel Überwindung kosten, werden im ersten Schritt erst einmal vorbereitet, damit sie im zweiten Schritt auch angegangen werden. So trickse ich mein Gehirn etwas aus, und die Umsetzung macht mir gleich mehr Freude.

ACTION STEP

Was sind die nächsten kleinen Schritte, die du in Richtung deines Zieles gehen kannst? Schreibe sie auf:

Es kann ein wichtiger Schritt sein, dein Anliegen im Gebet mitzutragen, zu googeln oder mit einer Person darüber zu sprechen, die sich in diesem Bereich schon besser auskennt als du. Gibt es mehrere Schritte, die du für eine Aufgabe tun solltest? Beginne doch mit der, die dir am meisten Spaß macht. So geht es schon etwas weiter und dein Gehirn bekommt ein gutes Gefühl. Auch der zweite und der dritte Schritt fallen dann um einiges leichter.

Wer kann dir helfen, diese Vision umzusetzen? Gibt es jemanden, mit dem du den Weg gemeinsam gehen kannst? Wen möchtest du involvieren? Wo kannst du dich evtl. anschließen oder Kontakt aufnehmen?

Von wem kannst du lernen?

Welche Bücher oder Online-Inputs kannst du dir anhören, um dein Ziel zu erreichen?

Lerne zu ruhen

Zu ruhen und nichts zu tun, könnte das Aktivste sein, was du heute tust. Über Ruhe hast du bereits einiges auf den vorherigen Seiten gelesen. Als Gott die Welt erschaffen hatte, ruhte er am siebten Tag von seinem Tun (vgl. 1. Mose 2,2). Den Sonntag zu heiligen ist ein Gebot, das wir als Bund zwischen Gott und uns halten sollen: »Ich bin der Herr, euer Gott. Haltet mein Gesetz, beachtet meine Gebote und befolgt sie. Und haltet meinen Sabbat heilig, denn er soll ein Bundeszeichen zwischen mir und euch sein. Daran wird man erkennen, dass ich, der Herr, euer Gott bin« (Hesekiel 20,19-20).

Am Sonntag nichts zu tun, Gott im Gottesdienst zu begegnen und den Tag ihm zu widmen und ihn zu ehren, ist menschlich gesehen dumm. Doch wie bereits beschrieben, sind die Regeln Gottes zur Fruchtbarkeit anders und so segnet Gott in Übermaß, wenn wir seine Gebote halten und nach seinem Willen leben, auch wenn es nicht logisch ist. Ich habe bereits die größten Wunder erlebt, indem ich den Sabbat geheiligt habe, obwohl so viel zu tun gewesen wäre. Vor allem in meiner Studienzeit, als ich den Sonntag superdringend zum Lernen oder an schriftlichen Arbeiten weiterzukommen gebraucht hätte, hatte ich mich bewusst entschieden, nichts zu tun. Ich ging wandern, legte mich in die Sonne oder las ein Buch – alles Dinge, die ich in stressigen Zeiten nicht tat. Gerade dann, wenn es mir besonders schwerfiel, den Sonntag nicht zu nutzen, erlebte ich, wie Gott mich versorgte. Auf einmal kamen Fragen dran, die ich locker beantworten konnte oder die ich gerade in den Stunden vor der Prüfung noch gelernt hatte. Mit Gott zu leben, hält viele Überraschungen bereit.

Ermittle deine Ablenkungen

Das Social-Media-Thema haben wir schon durchgearbeitet. An dieser Stelle möchte ich dich aber noch einmal einladen, konkret darüber nachzudenken, was dich davon ablenkt, Gottes Vision für dein Leben zu folgen.

ACTION STEP

Was sind die größten Ablenkungen, die dir im Wege stehen, wirklich das zu tun, worauf es ankommt?

Ich lade dich ein, genau diese Dinge aus deinem Leben zu eliminieren. Entfolge großzügig oder deinstalliere gewisse Apps. Überlege dir auch, was du tun kannst, wenn du versucht bist, zur Ablenkung zu greifen.

Dein Leben ist zu kurz für halbe Sachen. Let's go for the real thing!

Wer ist dein Support-Team?

Am Ende des Buches werden wir noch etwas mehr darauf eingehen, wie wichtig es ist, gemeinsam mit anderen den Weg zu gehen. Wir sind zwar Individuen und von Gott individuell geliebt, doch wir sind nicht fürs Alleinsein, sondern für Gemeinschaft geschaffen. In 1. Mose 2,18 lesen wir: »Es ist nicht gut für den Menschen, allein zu sein.« Vielleicht geht es dir nach einer Pandemie ähnlich wie mir, dass du dich damit arrangiert hast, weniger Menschen zu treffen, weniger dein Herz zu teilen und mehr zurückgezogen zu leben. Manchmal scheint es leichter, in einer Scheinwelt wie Social Media in Verbindung zu sein, anstatt Menschen zu treffen und das Risiko einzugehen, verletzt zu werden.

Ich will dich ermutigen: Du brauchst ein Team!

Du brauchst Menschen in deinem Leben, die dich aufbauen, wenn du down bist.

Du brauchst Menschen, die dich kennen und vor denen du echt sein kannst. Menschen, mit denen du schöne und traurige Momente erlebst und an denen du wachsen darfst. Ich ermutige dich, dir ein persönliches Support-Team aufzubauen. Menschen, die du dir selbst aussuchst und die du konkret in dein Leben sprechen lässt. Das Erste, das ich gemacht habe, als wir umgezogen waren, war, mir mein persönliches Support-Team aufzubauen. Als Mama brauche ich andere Mütter, mit denen ich über Erziehung und die Freuden und Leiden des Familienlebens mit kleinen Kindern sprechen kann. Da wir in ein kleines Dorf gezogen sind, in dem ich noch niemanden kannte, wusste ich, dass ich auch hier im Dorf ein bis zwei Frauen brauche, mit denen ich Nachbarschaftspflege betreiben konnte. Sie könnten mir Tipps geben, wo es das beste Brot zu kaufen gibt und wo ich Stroh für die Hühner herkriege.

Außerdem brauche ich Freundinnen, mit denen ich Nachfolge leben kann – Frauen, die wie ich Jesus lieben, mit denen ich ehrlich sprechen kann und die mutig genug sind, mir auch meine Fehler aufzuzeigen, um in Heiligkeit zu wachsen. In meiner Arbeit um den »Mama Online Kongress« und den »My Vision Planner« arbeite ich mit einem unglaublich tollen Team von Frauen zusammen, die Freude und Leidenschaft haben, anderen Frauen und Müttern zu dienen und ohne deren Hilfe diese Angebote niemals möglich geworden wären. Unendlich dankbar bin ich auch für meine Mama, bei der ich Tochter sein kann und die mich wöchentlich anruft und mich fragt, wie es mir geht. Außerdem meine Schwestern, mit denen ich eine enge Verbindung leben darf, auch wenn wir uns nicht regelmäßig sehen und superunterschiedlich sind. All diese Frauen zähle ich zu meinem persönlichen Support-System, das mir heute hilft, Gottes Ruf auf meinem Leben auszuleben und meinen Teil zum Aufbau seines Reiches zu geben.

Auch wenn du gerade nicht umgezogen bist und sich deine Karten nicht neu gemischt haben, so lade ich dich einmal ein, dir Gedanken zu machen, für welche Bereiche deines Lebens du ein Support-System brauchst. Überlege ganz konkret, welche Person dir in diesem speziellen Bereich helfen könnte. Es ist nicht notwendig, dass du in ständigem Kontakt mit ihr bist, und die Intensität des Austausches ist situationsabhängig. So kann es sein, dass es mit der einen Freundin wichtig ist, ein gemeinsames Wochenende zu verbringen, damit tiefe Gespräche aufkommen können, während es bei einer anderen Person aus deinem Support-System reicht, sich sporadisch Sprachnachrichten zu schicken.

ACTION STEP

Wer sind die Personen in deinem Support-System?

Unten habe ich einige Bereiche aufgezeigt, in denen dir ein Support-System bestehend aus deinen Freunden helfen könnte. Du kannst allerdings auch selbst Bereiche aufschreiben, bei denen du Support durch gewisse Personen benötigst. Halte deinen Blick auch auf deine Vision gerichtet: Wer könnte dir helfen, in dem Bereich von Gottes Vision für dein Leben zu wachsen? Schreibe die Person auf, auch wenn du vielleicht (noch) nicht den Mut hast, sie um Rat und Austausch zu bitten. In deinem Support-System können auch Personen sein, die du nicht persönlich kennst, von denen du aber z. B. Podcasts anhören oder Bücher lesen kannst.

An dieser Stelle ist es mir ein großes Anliegen, dich zu bitten, die Hilfe von professionellen Expertinnen und Experten nicht zu unterschätzen. Es gab eine Zeit in meinem Leben, in der eine Sache aus der Vergangenheit große Auswirkungen auf meine allgemeine Stimmung und meine Lebensqualität hatte, sodass ich ein paar Stunden bei einem Coach buchte. Und was soll ich sagen?! Es war ein Gamechanger! Nie hätte ich mir vorher vorstellen können, dass in der kurzen Zeit derart wichtige Erkenntnisse möglich gewesen wären. Innerhalb kürzester Zeit erkannte sie meine Situation und gab mir Hilfen für den Alltag, auf die ich selbst nicht gekommen wäre. Vor der Therapie war ich in Gedanken nur um diese eine Situation gekreist, und nun war der Schmerz zwar nicht fort, doch ich wusste, wie ich damit umgehen sollte, und das half mir und auch meiner Familie extrem. Deswegen: Lass dir auch professionell helfen, wenn du in einer Situation nicht weiterkommst!

Du kannst dir nun überlegen, wer genau zu deinem Support-System in den unterschiedlichen Bereichen deines Lebens gehört:

Bereiche	Personen
Beziehung	
Gesundheit/Sport	
Arbeit/Uni/Zu Hause	
Glaube und geistliches Wachstum	
Umgebung	
Freundschaft	

ACTION STEP

Personal Cheer: Gibt es eine Person, die dich immer aufmuntert, die dich ermutigt und dir weise Ratschläge gibt? Wer ist es?

Hattest du beim Aufschreiben der Personen das Bedürfnis oder den Impuls, dich mit einer dieser Personen mal wieder auszutauschen? Oder hattest du das Gefühl: Es wäre echt gut für mich, wenn ich mich mit dieser Person wieder einmal treffe, auch wenn es mich Überwindung kostet? Schnapp doch gleich dein Handy und schreib dieser Person eine Nachricht, wann ihr euch wieder treffen könntet.

Wenn dir zu manchen Punkten niemand eingefallen ist, du aber gerne jemanden hättest, der z. B. in deiner Nachbarschaft wohnt, dann ist es vielleicht an der Zeit, Bekanntschaften zu schließen, einen Small Talk zu starten, Personen anzurufen oder dich umzuhören, ob es jemanden für diesen Bereich gibt. Sei kreativ und du wirst erstaunt sein, wie schön, erfüllend und bereichernd es ist, in Verbindung zu sein – denn dazu wurdest du (auch) geschaffen, gerade wenn du eine Frau bist. Überlege dir auch, ob es Kurse, Bücher oder Angebote gibt, die du wahrnehmen kannst, um in deiner Vision zu wachsen.

ACTION STEP

Wer oder was kommt dir in den Sinn, um Wissen für dein Ziel zu erwerben?

---

2. Mutig träumen

Im Hohelied Salomos steht ein Vers, der mir sehr gut gefällt: »Meine Taube verbirgt sich hinter den Felsen, verharrt in einem Versteck in der Felswand. Lass mich dich sehen; lass mich deine Stimme hören! Denn deine Stimme ist wundervoll und du siehst so schön aus« (Hohelied 2,14). Was sind das für starke Worte: »Lass mich dich sehen, lass mich deine Stimme hören«! Das zeigt mir: Deine

Stimme und dein Einsatz werden gebraucht! Du bist wundervoll und schön, darfst dich zeigen, wie du bist! Auch wenn du dich manchmal fragst, was genau du zu geben hättest und ob es nicht andere Menschen gäbe, die viel besser umsetzen könnten, was du auf dem Herzen hast. Heute möchte ich dich herausfordern, dich zu zeigen!

Wir Christinnen und Christen sind viel mehr versucht, uns wie Tauben in unseren sicheren Kirchen, Gemeinden und christlichen Freundeskreisen zu verstecken, als dass wir Angst haben müssten, »zu laut, zu aufdringlich oder too much« zu sein.

Die Welt braucht mutige Träumerinnen und Träumer! Die Welt braucht dich, als jungen Menschen, der eine Vision hat und dafür Wege geht, die vorher vielleicht noch keiner in deiner Familie gegangen ist. Sie braucht deine Stimme, dein Sein, deine Kreativität und dein mutiges Träumen und Gebet.

Du denkst schon so lange darüber nach, einen YouTube-Kanal zu starten? Do it!

Du würdest so gerne eine Weltreise machen und fremde Kulturen kennenlernen? Do it!

Du möchtest anstatt zu studieren lieber diese eine Ausbildung machen? Do it!

Du träumst schon lange davon, auf dieses eine Event zu fahren? Do it!

Du würdest so gerne diesen einen Kurs belegen und z. B. in Prophetie oder Gebet wachsen? Do it.

Wenn Gott sagt: »Do it!«, dann do it!

Doch woher weißt du, ob es wirklich Gottes Wille ist? Als ich angefangen hatte zu bloggen, hätte ich mir nie vorstellen können, dass daraus Bücher, ein Kalender, finanzieller Segen für die Familie meiner Mitarbeiterin, ein Mama-Kongress und so viele Zeugnisse entstehen würden. Ich hörte von so vielen Seiten, wie der Dienst junge Frauen beschenkte und manche sogar zu Jesus führte. In meinen kühnsten Träumen malte ich mir das zwar aus, doch dass ich diese Realitäten einmal leben würde, hatte ich nicht zu hoffen gewagt. Die ersten Schritte einer Vision sind immer die schwierigsten. Die eigenen Stimmen der Kritik auszumerzen, erfordert Klarheit, Fokus und Kraft. Immer wieder, wenn ich anfing zu schreiben, stellte ich mein Gehirn auf Durchzug und tat einfach, was ich spürte, das Gott mir auftrug.

Wenn du mutig träumst und furchtlos die ersten Schritte gehst, dann wird alles in dir schreien: »Lass es!« Deine Gefühle werden Achterbahn fahren und du wirst mit allen möglichen Gedanken zu kämpfen haben.

Doch Glauben bedeutet gehen, auch wenn du nichts siehst.

Es bedeutet Schritte auf Wegen zu gehen, die du noch nicht kennst, und dort zu säen, wo du noch nichts siehst.

Gehorsam verändert Geschichte!

Der Psychologe Jordan B. Peterson hat einmal gesagt: »Unterschätze nicht das Loch, das deine Abwesenheit in der Welt hinterlassen würde. Jeder von uns ist eine außerordentliche Kreatur und wir haben der Welt im Ganzen und den Menschen, die wir lieben, etwas zu bieten. Es liegt in unserer Verantwortung, dies auch zu tun. Wenn wir uns zurückhalten, bewegen wir uns etwas weiter vom Paradies weg.«[13] Es ist nicht egal, ob du eine Vision, die du von Gott erhalten hast, umsetzt oder nicht. Es ist nicht wurscht, ob du dir erlaubst, mutig zu träumen oder nicht. Es ist nicht irrelevant, ob du dich von Gottes sanftem Anstupser wirklich losschicken lässt, oder ob du dort verbleibst, wo du gerade bist.

Du hast dieser Welt etwas Wichtiges zu geben! Gott hat dir einen Auftrag gegeben, den nur du ausführen kannst.

Wenn du deinen Platz nicht ausfüllst, dann ist er nicht einfach nicht ausgefüllt, sondern dann hinterlässt dieser Platz ein Loch – weil nur du diesen Platz ausfüllen kannst!

Wie im Zitat von Jordan B. Peterson steht, bist du eine wunderbar geschaffene Kreatur, die der Welt und den Menschen, die sie lieben, etwas zu geben hat. Es liegt in deiner Verantwortung, dies auszuführen. Jordan B. Peterson geht sogar noch einen Schritt weiter, indem er sagt, dass wir uns vom Paradies ein Stück entfernen, wenn wir unsere Verantwortung nicht wahrnehmen.

Dich selbst einzubringen, deine Stimme zu erheben, dich zu zeigen, ist deine Verantwortung und zeigt uns, um es in den Worten Jordan B. Petersons zu sagen, ein Stück des Paradieses. Durch dich dürfen wir eine Charakteristik Gottes kennenlernen, die nur du uns zeigen kannst. Durch dich können wir den Himmel besser erkennen! Nimm deinen Platz ein! Übernimm Verantwortung! Bring dich ein! Zeig dich und erheb deine Stimme!

Führe deinen Auftrag aus

Bei Auftrag denken wir immer an etwas Großes und Weltbewegendes. Wir denken an eine große Karriere, Einfluss und Veränderung. Doch das Reich Gottes funktioniert anders: Wenn Gott uns einen Auftrag gibt, dann kann dieser noch so klein sein und die Welt verändern. Ein kleines Gebet kann das Geschick ganzer Nationen verändern. Ein Akt des Gehorsams kann ein ganzes Volk retten (siehe Esther). Ein demütiges Ja zur Geburt eines Kindes kann die Welt retten, so wie bei Maria, als sie Ja sagte, die Mutter von Jesus zu werden.

Bei Gott kommt es nicht immer auf die großen Dinge an. Bei Gott können die kleinsten Akte des Gehorsams über das Geschick von Menschen und Nationen bestimmen.

Meinst du, Maria hätte sich vorstellen können, was ihr Ja für einen Impact auf dein, mein und das Leben so vieler Menschen heute und in allen Generationen vor uns haben würde? Meinst du, Petrus hätte sich vorstellen können, was sein Ja für einen Impact auf die Kirche heute haben würde? Warum hat Maria wohl in dem Moment, als der Engel überraschenderweise an ihrem Fenster stand (Mann, hätte ich mich erschreckt), so reagiert, wie sie reagiert hat? Wie konnte sie in einem Moment, der sie völlig überrascht und vermutlich auch überfordert hat (wer rechnet denn schon mit so einer Anfrage?), Ja zum Willen Gottes sagen? Sie antwortete dem Engel: »›Ich bin die Dienerin des Herrn und beuge mich seinem Willen. Möge alles, was du gesagt hast, wahr werden und mir geschehen.‹ Darauf verließ der Engel sie« (Lukas 1,38).

Meine Vermutung ist, dass Maria bereits vorher in vielen kleinen Entscheidungen des Alltags gelernt hat, Ja zu sagen. Wenn sie gefragt wurde, ob sie im Haushalt mithilft, sagte sie Ja. Wenn sie um etwas gebeten wurde, sagte sie Ja, weil sie wusste, dass sie damit Gott gefallen würde. Nur so – kann ich mir vorstellen – war es ihr möglich, zu einem unehelichen Kind Ja zu sagen, das ohne die Beteiligung eines Mannes entstehen und stattdessen der

Sohn Gottes sein sollte. Um dieses große Ja auszusprechen, musste sie vorher Hunderte oder Tausende Male Ja sagen. Wenn du also einen Auftrag von Gott bekommst – und sei er noch so klein –, dann sind wir als Nachfolgerinnen Jesu herausgefordert, diesen Auftrag auszuführen und Schritte des Glaubens zu gehen. Geh deine ersten Babyschritte! Der erste richtig gute Babyschritt des Glaubens kann sein zu googeln: »Wie mache ich …«. So sah mein erster Schritt aus, als ich mein erstes Buch schrieb. Ich googelte: »Wie schreibt man ein Buch?« Dadurch bin ich auf einen kostenlosen Online-Workshop gestoßen, den ich durchgearbeitet habe, und schon wusste ich etwas genauer, wie man das macht, ein Buch zu schreiben.

Vermutlich legt Gott dir persönlich nicht ans Herz, ein Buch zu schreiben, sondern eine ganz andere auf dich zugeschnittene Sache. Es kann der Impuls sein, gewisse Personen regelmäßig auf einen Kaffee einzuladen. Ich habe eine Freundin, deren Anliegen es ist, Mütter zu erreichen, damit sie ihren Kindern den Glauben weitergeben können. Sie hat drei bis vier Frauen, die sie regelmäßig zu sich nach Hause oder in ein Café einlädt, um mit ihnen Freundschaft aufzubauen und immer wieder ganz sanft von Jesus zu erzählen. Wenn die Frauen das möchten, betet sie für sie und ihre Situation. Eine dieser Frauen hat sich dadurch schon zu Jesus bekehrt, und wenn ich meiner Freundin so zuhöre, wie sie davon träumt, dass in ihrem Dorf Frauen und ihre Familien Befreiung erfahren, dann ermutigt mich das unglaublich, selbst durch die Welt zu gehen und mit Gottes Brille auf die Dinge zu schauen. Er hat so viel größere Pläne und möchte so viel mehr für uns und die Menschen um uns herum tun, als wir uns vorstellen können. Aber er möchte mit uns als Partner Hand in Hand gehen, und er braucht unser Träumen und unsere Umsetzung im Gehorsam dafür.

Erlaube dir selbst zu träumen, was Gott in gewissen Personen, in gewissen Situationen oder Umgebungen für Veränderung schaffen könnte.

Folge dieser leisen Stimme, träume mutig, bleib mit ihm im Gebet verbunden und geh kleine, kreative Schritte des Gehorsams.

Es ist ein Prinzip des Reiches Gottes, dass uns größere Aufgaben übertragen werden, wenn wir im Kleinen treu sind: »Wer in kleinen Dingen treu ist, wird auch in großen treu sein. Und wer schon in geringen Angelegenheiten betrügt, wird auch bei größerer Verantwortung nicht ehrlich sein« (Lukas 16,10).

An großen Dingen baust du, indem du heute schon treu und gehorsam Ja zu Gott sagst. Indem du deine kleinen Aufgaben bestmöglich und mit Freude verrichtest, als wären sie für Gott allein. Ich bin davon überzeugt: Wenn du dich bemühst, auch in grauen, hoffnungslosen und schweren Zeiten dankbar, mit Gott verbunden und in Freude durch den Tag zu gehen, wirst du staunen, wie er dich segnet und zum Segen für viele werden lässt. Ich träume davon, dass wir Christinnen und Christen lebendig sind und dass Menschen in unsere Augen schauen und sagen: »Wow, wie lebendig und schön ist dieser Mensch!«

ACTION STEP

Wir brauchen deinen Mut, wir brauchen deine radikale Liebe zu Jesus und dein Herz, das keine Mittelmäßigkeit zulassen möchte. Überlege dir einmal: Welche Schritte des Glaubens und des Gehorsams kannst du heute im Kleinen gehen?

Was möchten dir deine Gefühle sagen? Und was sagt dein Glaube dir?

Was hörst du, wenn du in die Stille gehst? Verspürst du einen tiefen Frieden, der nicht von der Welt kommt? Wenn du dir unsicher bist, nimm dir Zeit, um mit Gott zu sprechen. Er zeigt dir, was wann dran ist. Und vielleicht braucht es noch etwas Zeit, bis deine Frucht reif ist und du gehen kannst. Höre auf sein sanftes Säuseln.

Als ich anfing, den Auftrag, den ich in der Stille durch ein sanftes Säuseln von Gott empfangen hatte, konkret umzusetzen, hatte ich solche Angst. Alles in mir wollte mir einreden: Tu es nicht! Das ist dumm! Was denken denn die anderen? Ich hatte Angst, vor Gott, vor mir selbst und vor anderen »durchzufallen« und einfach als Loser dazustehen. Doch dann fiel mir ein, dass es auch anders sein könnte: Was, wenn der Sprung ins kalte Wasser mich nicht hinfallen lässt, sondern mir das Fliegen beibringt? Was, wenn der mutige Schritt des Glaubens mir nicht den Boden unter den Füßen wegnimmt, sondern mir beibringt zu gleiten und meine Flügel zu verwenden, von denen ich gar nicht wusste, dass ich sie hatte? Bevor ich mutig die ersten Schritte auf meinem Blog ging, wusste ich nicht, dass ich eine Fähigkeit zum Schreiben hatte und Menschen dadurch inspirieren konnte. Niemand hatte mir vorher gesagt, dass ich schreiben konnte, weil ich es nie ausprobiert hatte. Und als ich es dann tat, bekam ich immer mehr Rückmeldungen, dass anderen mein Schreibstil gefiel und sie sich abgeholt fühlten. Das alles begann mit einem leisen Säuseln. Dem Hören auf das sanfte Anklopfen des Heiligen Geistes und die ersten Schritte im Gehorsam, die sich nicht gut anfühlten, von denen sich aber im Nachhinein herausstellte, dass sie sich lohnten.

Jesus sagt dazu: »Weil euer Glaube so gering ist. (…) Ich versichere euch: Wenn euer Glaube auch nur so groß wäre wie ein Senfkorn, könntet ihr zu diesem Berg sagen: ›Rücke dich von hier nach da‹, und er würde sich bewegen. Nichts wäre euch unmöglich« (Matthäus 17,20-21). Wenn du genug Glauben an einen unsterblichen Gott hast, an einen Gott, der Himmel und Erde nur durch ein Wort erschaffen hat. Einen Gott, der treu ist und das gesamte Weltall und dich in seinen guten Händen hält. Einen Gott, der dich unendlich liebt und für dich ganz persönlich gestorben ist.

Wenn du glaubst, dass mit diesem Gott nichts unmöglich ist, dann beginnt es: dein Abenteuer!

Deine Reise mit Gott, die dich sogar innere und äußere Berge versetzen lässt. Oft passiert es nicht von heute auf morgen, dass du Berge versetzen kannst. Manchmal wirst du tage-, wochen-, monate-, jahre- oder gar jahrzehntelang beten. Doch wenn du weißt, wer dein Gott ist, dann wirst du sehen, wie er durch deine unscheinbaren Hände und deine mutigen Gebete Berge versetzen kann.

Bist du bereit Wunder zu sehen? Bist du bereit zu staunen? Wenn du Jesus nachfolgst, wenn du seine Wege gehst und nicht deine, dann kannst du deine Augen jetzt schon auf das große Staunen vorbereiten, denn spätestens im Himmel wird er dich und mich von den Socken hauen.

Schreibe dir einen Motivationsbrief

Jetzt ist es an der Zeit, deine Vision und Mission zu festigen. Jetzt darf das, was du gesehen und erlebt hast, von deinem Kopf in dein Herz fließen, damit dein Licht auch in Zeiten des Gegenwindes und der Anfechtungen standhalten kann. Du hast eine Mission! Auf dir liegt ein Ruf, den du ausleben darfst.

Als ich angefangen habe, meinen Weg als Autorin, Influencerin und Unternehmerin zu gehen, habe ich immer wieder ganz klare Worte von Gott empfangen. An einen Bibelvers erinnere ich mich besonders: »Ich gebe dir die Vollmacht, vor Völkern und Königreichen zu reden. Manche von ihnen sollst du entwurzeln und einreißen, zerstören und vernichten; andere sollst du pflanzen und aufbauen« (Jeremia 1,10). Diese Worte hat mir eine Bekannte zugesprochen und es war, als kämen sie direkt von Gott. In den Momenten, in denen ich zweifelte oder auch mal keine Lust hatte dranzubleiben, erinnerte ich mich immer wieder an diese Verse. Ich rahmte sie mir sogar schön geschrieben ein und hängte sie in meinem Esszimmer auf, damit ich nicht vergaß, was Gottes Ruf für mich war.

Ich lade dich ein, Gott um sein Wort zu bitten. Bitte ihn, dir Verse der Bibel zu schenken, die zu deiner Vision, ja zu deinem Beruf passen. Du kannst dazu ganz old school deine Bibel aufschlagen und einfach etwas stöbern. Tatsächlich hat der Heilige Geist, wenn ich ihn darum gebeten habe, mir schon öfter Worte einfach nur beim Durchstöbern der Bibel geschenkt, die mir wirklich Nahrung für eine lange Zeit waren.

Eine andere Möglichkeit ist es, dass du einmal bei Google eingibst, was die Bibel über dein Thema sagt. Außerdem kannst du deinen Mut zusammennehmen und Freunde oder Bekannte, von denen du weißt, dass sie Jesus lieben, bitten, für dich zu beten und dir Worte der Erkenntnis zu schenken. Auch wenn diese Aufgabe recht zeitaufwendig ist und sie nicht innerhalb von ein paar Minuten abgehakt werden kann, ermutige ich dich wirklich, dich auf die Suche nach Bibelstellen für dich persönlich zu machen. Es ist ein kostbares Geschenk, das, was Gott dir gezeigt hat, auch schwarz auf weiß in der Bibel zu lesen. Du kannst deinen Vers auch schön ausdrucken oder aufschreiben und ihn an einem Ort anbringen, an dem du immer wieder vorbeigehst.

Gottes Wort ist unsere Nahrung – wir leben davon. Wie eine Pflanze guten Boden, Wasser und Sonne zum Wachsen benötigt, so brauchen wir Gottes Wort, damit wir in dieser Welt wachsen und aufblühen können.

ACTION STEP

Bei deiner Suche nach einer Bibelstelle zu deiner Vision: Welche Bibelstelle hat Gott dir geschenkt? Was möchte er dir persönlich sagen?

Versetze dich einmal in die Position deiner besten Freundin. Nach dem Prozess mit diesem Buch hast du ihr von deinen Erkenntnissen und neuen Zielen erzählt. Was würde sie dir sagen? Was würdest du dir selbst, als deine beste Freundin, schreiben?

Nutze die Zeilen unten, um dir selbst ein paar ermutigende Worte zu schreiben, zu denen du in Zeiten der Unsicherheit, in Zeiten der Verwirrung oder wenn alles wieder vernebelt wirkt, zurückkommen kannst:

Erstelle dein Vision Board

Nun wird es kreativ! Du hast nun Klarheit über Gottes Vision für dein Leben im Moment bekommen, du hast deine Visionen niedergeschrieben und auch notiert, wie du diese Vision erreichen kannst. Nun ist es an der Zeit, dass du deine Erkenntnisse auch mit deinen Augen sehen kannst. Ich lade dich ein, dir ein Vision Board zu gestalten, das von dir persönlich gestaltet Bilder oder Wörter enthält, die zu deiner Vision passen.

Du kannst dir auf Pinterest eine Pinnwand erstellen und dort Bilder anpinnen, die deine Vision unterstreichen, ich rate dir aber, dein Vision Board so zu gestalten, dass du es real vor dir hast. Druck dir Bilder aus, schneide dir Bilder aus Magazinen und Broschüren aus oder nutze Fotos, um dir eine Wand mit dem zu füllen, was du sehen möchtest. Je mehr wir uns mit den Dingen begeben, die wir sehen möchten, desto eher ist die Chance, dass wir sie tatsächlich sehen werden. Auf meinem Instagram-Kanal und meiner Homepage findest du Inspirationen, wie so ein Vision Board aussehen kann.

Don't skip the task!

3. Zerplatzte Träume – und was nun?

Doch was, wenn Träume und Sehnsüchte zerplatzen? Was, wenn deine sehnlichsten Wünsche einfach nicht in Erfüllung gehen? Immer wieder müssen wir Situationen in die Augen sehen, die ganz und gar nicht so sind, wie wir sie gerne hätten oder sie uns erträumt hätten: Die guten Noten bleiben aus, obwohl du so viel gelernt hast. Du bekommst eine Absage auf die Stelle, bei der du dir vorgestellt hast, dass sie perfekt für dich wäre. Dein Schwarm interessiert sich einfach nicht für dich. Oder es ist kein potenzieller Freund in Sicht. Dein Partner geht fremd. Du wünschst dir eine gute Freundin, aber irgendwie wurdest du nur enttäuscht. Deine Eltern wollen sich scheiden lassen. Du wirst einfach nicht schwanger. Diese eine Beziehung wird einfach nicht besser oder du hast eine schlechte gesundheitliche Diagnose bekommen.

All das sind Situationen, die uns an unsere Grenzen kommen lassen. Sie lassen uns mit der Frage zurück: »Ist Gott wirklich gut? Sieht er mich überhaupt? Wie kann ein liebender Gott so etwas zulassen?« Und wir fragen uns vielleicht: »Wie soll es weitergehen?«

In Römer 8,28 lesen wir:

»Und wir wissen, dass für die, die Gott lieben und nach seinem Willen zu ihm gehören, alles zum Guten führt.«

Wie verrückt ist das denn bitte! Wie soll eine schlechte Nachricht zum Guten führen? Wie soll der Schmerz, den wir empfinden, gut sein? In Matthäus 16,24 lesen wir: »Dann sagte Jesus zu den Jüngern: ›Wer von euch mir nachfolgen will, muss sich selbst verleugnen und sein Kreuz auf sich nehmen und mir nachfolgen.‹« Der Schlüssel zu einem gottgefälligen Leben und somit einem Leben in seinen Verheißungen liegt darin, dass wir nicht an uns selbst hängen bleiben, sondern unser Kreuz annehmen, ja, es lieben und umarmen lernen und ihm mit diesem Kreuz am Rücken nachlaufen.

Manche Dinge sind für unseren menschlichen Verstand nur schwer nachvollziehbar. Doch wir, die wir an einen guten Vater glauben, dürfen uns sicher sein: »Und wir wissen, dass für die, die Gott lieben und nach seinem Willen zu ihm gehören, alles zum

Guten führt« (Römer 8,28). Gerade wenn wir uns mit unserer Vision und Gottes Ruf auseinandersetzen, kann es verführerisch sein zu glauben, wir könnten hier und da ein paar Schrauben drehen und selbst Herr über unser Schicksal sein. Doch das entspricht nicht dem Wort Gottes. Jesus lehrt uns, dass es uns zuerst um sein Reich gehen soll und »und er wird euch all das geben, was ihr braucht« (Matthäus 6,33).

Gott weiß, was du brauchst! Er weiß noch viel besser als du selbst, was gut für dich ist. Er, als unser liebender Vater, kennt deine innersten Wünsche und Sehnsüchte. Alles, was für dich und dein Seelenheil am besten ist, wirst du aus seinen guten Händen empfangen, wenn du ihm vertraust und ihm dein ganzes Ja gibst.

Dieses Buch soll dir helfen, im Überfluss der Angebote unserer Zeit Gottes persönlichen Ruf für dich besser zu erkennen. Doch in seiner Gnade leben bedeutet immer auch, dein persönliches, auf dich zugeschnittenes Kreuz zu umarmen, denn es ist dieses Kreuz, in dem du Jesus ähnlich werden und ihn und sein Opfer für dich besser verstehen darfst. Es ist an diesem Kreuz, an dem wir Heil und Reinigung erfahren und in eine Berufung hineinwachsen, die unser Denken übersteigt. Ja, viel mehr noch: Als Christen sind wir aufgerufen, unsere Rechte abzugeben um ihm nachzufolgen. Wir können keine halben Sachen für Jesus machen und Jesus nachfolgen geht auch nicht nur in Teilzeit. Es erfordert unsere volle Hingabe – unser ganzes Ja zu geben, mit allem, was dazugehört, und mit dem Wissen, dass wir Kinder eines guten Vaters sind, der besser weiß, was wir brauchen, als wir selbst.

Unsere Rechte niederzulegen, kann vielerlei bedeuten. Das Recht auf Gesundheit, auf eine intakte Familie, auf eine Beziehung, auf tiefe Freundschaften, das Recht auf die perfekte Wohnung, den perfekten Arbeitsplatz oder ein unkompliziertes Leben.

Glaubst du daran, dass Gott noch viel besser weiß als du selbst, was gut für dich ist? Auch die Jünger mussten ihre vorigen Jobs an den Nagel hängen, sie mussten sogar ihre jahrelangen Erfahrungen als Fischer und ihr Recht auf eine erfolgreiche Karriere mit viel Geld und Ansehen aufgeben, um mit Jesus zu gehen, ihm als seine Jünger nachzufolgen und die Erlösung hautnah mitzuerleben.

Mir sind da besonders viele Frauen und Männer aus der Kirchengeschichte ein Vorbild. Immer wieder lesen wir von Menschen, die ihr Kreuz angenommen und aus ihren Situationen das Beste gemacht haben. Dazu gehört es auch, voll und ganz Ja zu Gottes Plänen zu sagen. Er weiß als unser guter Vater viel besser, was für unser endgültiges Ziel, den Himmel, am besten ist.

ACTION STEP

Was ist gerade dein Kreuz?

Versuchst du, es abzuwerfen?

Worauf pochst du? Gibt es etwas, worauf du glaubst ein Recht zu haben?

Jesus, ich lege alle meine Rechte, die ich denke zu haben, zurück in deine Hände. Ich weiß, dass mein Leben in Gottes Händen sicher ist. Dass er nur Gutes für mich möchte. Hilf mir, mich an nichts zu klammern außer an dich.

V. WIE DU BERGE VERSETZEN KANNST

1. Don't follow your dreams – follow him!

Nun sind wir schon einen langen Weg miteinander gegangen. Du hast dich auf die Suche gemacht nach dem, was in deinem Leben wirklich wichtig ist, und einen Blick auf das Große erhascht, was Gott in und durch dein Leben für dich und so viele Menschen tun will. Auf schön geschriebenen Tafeln und auf Pinterest gibt es immer wieder wunderschöne Bilder, die dir sagen, dass du ein glückliches, erfülltes und sorgenfreies Leben haben wirst, wenn du deinen Träumen folgst. Ich bin aber davon überzeugt, dass das nicht stimmt. Das Leben in Fülle bekommen wir nur an einer Stelle: bei Jesus. Und er erklärt uns ganz klar, wie wir zu diesem Leben in Fülle kommen: »Wenn du vollkommen sein willst, dann geh und verkaufe alles, was du hast, und gib das Geld den Armen, und du wirst einen Schatz im Himmel haben. Dann komm und folge mir nach« (Markus 19,21). Das Leben in Fülle und Klarheit bekommen wir also nicht, indem wir versuchen, das Glück an uns zu reißen, sondern indem wir alles, was wir an äußeren und inneren Schätzen bekommen, in Gottes Hände zurücklegen. Dies geschieht zuerst im geistlichen und manchmal auch im materiellen Sinn.

Es war in meinen dunkelsten Stunden in Italien, als ich alles, inklusive meiner Freunde, Familie, Gemeinde, Ausbildung und Job, ja sogar meine Sprache, schweren Herzens und unter Tränen an Gott zurückgab und ihm sagte, dass ich ihm nachfolgen will, komme, was wolle. Danach erhob er mein Haupt, sprach mir neue Würde zu und legte mir meine echte Berufung in den Schoß. Ich erkannte:

Wenn ich Jesus habe, habe ich alles!

Immer wieder erinnere ich mich an diesen Moment und ich lege alles voller Demut zurück in die Arme Gottes. Er schenkt alles und darf alles nehmen, denn ich möchte nicht meinen Erwartungen und Träumen hinterherlaufen, sondern ihm.

Wir haben uns ausgestreckt danach, die Stimme des Heiligen Geistes für unser Leben zu hören und von ihm Weisung zu unserer Berufung zu empfangen, doch am Ende dürfen wir alle Träume, alle Visionen, alle Ziele und alle Vorstellungen in die Hände Jesu legen. Aus seiner Hand haben wir empfangen und in seine Hände legen wir alles zurück. Wir geben unser Bestes und er wird uns leiten – auf den Wegen, die ihm gefallen. Wir dürfen lernen, als Nachfolger Jesu flexibel zu bleiben und immer wieder gut zu hören, ob der Weg, den wir einschlagen, mit dem Weg zusammenpasst, den Jesus für uns vorgesehen hat.

2. Erwarte das Eingreifen Gottes

Auf meinem persönlichen Weg der Nachfolge habe ich immer wieder erkennen dürfen, wie viel mehr Gott sich danach sehnt, dass ich mit seinem Eingreifen rechne, als ich mich danach sehne. Ich habe gelernt und möchte weiter darin wachsen, nicht selbst alles zu planen und alle Eventualitäten abzudecken, sondern im Vertrauen auf Gottes Vorsorge Schritt für Schritt zu gehen und Risiken einzugehen.

Ein Roadtrip ist doch nur deswegen so interessant, weil man nicht weiß, wo einen der Trip hinführt und weil sich am Ende des Tages immer eine gute Übernachtungsmöglichkeit und leckeres Essen finden lässt und man meist auch noch dabei überrascht wird. Gott möchte in dein Leben eingreifen! Er möchte dein Partner sein!

Überlass ihm das Steuer in deinem Leben und rechne mit seinem Eingreifen. Je mehr du ihm an Aufgaben überlässt, desto mehr muss er tun und desto mehr wirst du über seine Wunder staunen können.

3. Alles hat seinen Preis – auch deine Berufung

Gott liebt dich so viel mehr und träumt so viel größer über dich, als du dir vorstellen kannst! Als ich angefangen habe, meine Berufung zu leben, bin ich aus dem Staunen nicht mehr herausgekommen und ich tue es heute noch. Gott multipliziert jedes »yes«, jedes Gehen im Gehorsam, jedes mutige Ausprobieren und jeden kleinen Schritt des Glaubens. Wenn wir mit ihm gehen, ist nichts umsonst oder ein Fehler. Allerdings ist es aber auch nicht immer ein Zuckerschlecken oder eine »gmahte Wiesn«, wie wir in Österreich sagen würden.

Ich könnte mir nichts Schöneres vorstellen, als das, was ich im Moment als Ehefrau, Mama und Autorin tun darf. So wunderschön es ist, Gottes Wege zu gehen und die Multiplikationen zu sehen, so sehr ist es auch wichtig, einen realistischen und geistlichen Blick auf die Dinge zu bewahren. Auch möchte ich an dieser Stelle nicht ungesagt lassen, dass jeder Ruf auch seinen Preis hat. Dieses Buch habe ich an zig Abenden geschrieben, an denen ich lieber mit meinem Mann auf der Couch gesessen und bei einem Glas Wein einen guten Film geschaut hätte.

Es hat immer auch einen Preis, in der Berufung voll aufzublühen. Es ist ein Ja zur Berufung, aber gleichzeitig auch ein Nein zu vielen anderen kleinen Dingen. Es ist oft ein Nein zum gemütlichen Weg und oft ein Nein zum Mainstream und zur Mittelmäßigkeit. Es ist ein Nein zum kleinen Denken und ein Ja zum Vertrauen auf Gott. Es ist ein Ja zum Gehen auf Sicht und ein Ja zum Investieren, obwohl man nichts sieht, und ein Ja dazu, dass Gott dich gebrauchen und aus deinem Leben etwas machen darf, das anderen dient und größer ist als du selbst.

4. Autorität aus der Intimität mit Jesus

Hast du sie auch: diese Freundin, bei der du dich wie zu Hause fühlst? Bei der du dich traust, selbstständig zum Kühlschrank zu gehen und dir etwas zu essen herauszunehmen? Bei der du das Telefon abnimmst und die Haustür öffnest, wenn es läutet und sie gerade nicht da ist? Wenn ich bei meinen Eltern zu Hause bin, ist es selbstverständlich, dass ich den Hörer abnehme und mit »Friedrich« antworte. Ein manches Mal ist es dann schon vorgekommen, dass mir etwas verkauft werden wollte, das eigentlich für meine Mama bestimmt gewesen wäre. Da ich meine Mama sehr gut kenne, weiß ich, was sie mag und was sie nicht mag, und so fiel es mir leicht, der Person freundlich zu sagen, dass wir kein Interesse an einem Staubsauger hätten.

Mit jemandem vertraut und verbunden zu sein, gibt dir Autorität. Du bekommst Mut, dich einzusetzen und deine Meinung oder die deines Freundes zu vertreten. Wir haben eine natürliche Autorität, wenn wir in einer Beziehung intim leben (und dabei ist nicht unbedingt die sexuelle Intimität gemeint). Auch geistlich gesehen können wir, wie es in der Bibel steht, Berge versetzen, Dämonen austreiben und größere Wunder sehen und tun, als Jesus sie gesehen hat, wenn wir in der Intimität mit ihm bleiben. Hast du dich schon einmal gefragt, warum du so wenig Wunder siehst? This is it!

Wenn du mit Jesus verbunden bist, wenn du ihn kennst, wenn du weißt, was in ihm und im Vater vorgeht. Wenn du erkennst, wie er dich sieht und wie wunderschön du in seinen Augen bist.

Wenn du erfährst, wie unendlich gut seine Gedanken über dich sind, und wenn du erlebst, wie sehr er diese Welt liebt und was es ihm für ein riesiges Anliegen ist, dass Menschen ihn kennenlernen, dann liegt auf dir eine unglaubliche geistliche Power!

Dann kannst du zu einem Berg sagen: »Versetz dich!«, und er wird sich versetzen. Dann wird es dir wie Schuppen von den Augen fallen, was in Gottes Augen schön, wahr und gut ist und was vom Teufel kommt, und dann hast du die Macht und die Kraft, dem Widersacher Einhalt zu gebieten. Aus deiner Intimität mit Jesus wirst du nicht nur seine Freundin und Nachfolgerin, sondern du bekommst auch seine Autorität. Du empfängst seinen Heiligen Geist, der dir Mut und Kraft gibt, die Dinge zu verändern.

In Johannes 15,4-9 lesen wir: »Bleibt in mir, und ich werde in euch bleiben. Denn eine Rebe kann keine Frucht tragen, wenn sie vom Weinstock abgetrennt wird, und auch ihr könnt nicht, wenn ihr von mir getrennt seid, Frucht hervorbringen. Ich bin der Weinstock; ihr seid die Reben. Wer in mir bleibt und ich in ihm, wird viel Frucht bringen. Denn getrennt von mir könnt ihr nichts tun. Wer nicht in mir bleibt, wird fortgeworfen wie eine nutzlose Rebe und verdorrt. Solche Reben werden auf einen Haufen geworfen und verbrannt. Doch wenn ihr mit mir verbunden bleibt und meine Worte in euch bleiben, könnt ihr bitten, um was ihr wollt, und es wird euch gewährt werden! Darin wird mein Vater verherrlicht, dass ihr viel Frucht hervorbringt und meine Jünger werdet. Ich habe euch genauso geliebt, wie der Vater mich geliebt hat. Bleibt in meiner Liebe.« Um fruchtbar zu sein und in der Welt einen Unterschied zu machen, ist es unumgänglich, dass wir in Jesus bleiben. Wie geht es dir mit deiner persönlichen Beziehung zu Jesus? Fällt dir das Gebet schwer? Oder bemühst du dich aktiv darum, Zeit mit Gott zu verbringen und ihn besser kennenzulernen?

Nur wenn du in ihm bleibst, kann dein Leben wirklich Frucht bringen. Nur wenn du ihn suchst, lässt er sich finden. Nur wenn du Zeit mit Gott verbringst, kann dein Leben einen Unterschied machen. Vielleicht tust du dich schwer damit, Zeit mit Gott zu verbringen. Gerade in Phasen, in denen sehr viel los war und ich meine Stille Zeit vernachlässigt habe, war es superschwer, wieder zurückzufinden zu einer persönlichen Beziehung mit ihm. Vielleicht geht es dir auch so, dass du dir gar nicht vorstellen kannst, dass man wirklich eine Beziehung mit Gott haben kann, und die Vorstellung, dass er auf deine Fragen antworten könnte, kommt dir ziemlich komisch vor.

Hier sind ein paar Tipps, wie du – wenn du nicht regelmäßig betest – langsam eine Beziehung zu Gott aufbauen kannst, wie du wieder zurückfinden kannst zu einer persönlichen Beziehung mit ihm oder wie du deine Beziehung zu ihm intensivieren kannst.

Tipps für deine Gebetszeit:

- Routine – Wie oben bereits beschrieben, sind Routinen der Schlüssel zum Erfolg. So auch eine Gebetsroutine. Ich persönlich bete besonders gerne morgens oder abends – dann, wenn es ruhig um mich herum ist und mein Herz auch innerlich zur Ruhe kommen kann.
- Vorbereitung – Ich ermutige dich, dir einen Ort schön einzurichten, zu dem du immer gehst, wenn du betest. Du kannst dir ein paar Utensilien schon bereitlegen, damit dir der Start leichter fällt und sich ein wohliges Gefühl bei dir einstellt, wenn du zu diesem Ort gehst. Ich habe zum Beispiel eine Kerze dort stehen, eine kuschelige Decke dort liegen, meine Bibel und ein paar Gebets- und Andachtsbücher, die mir helfen, Gott näherzukommen. Meist liegt auch mein Tagebuch nicht unweit, in das ich manchmal Gebete an Jesus schreibe. Morgens nehme ich immer eine heiße Tasse Kaffee mit. So wird für mich Gebet nicht nur zu einem To-do, sondern ist auch mit Freude verbunden. Wie kannst du dich vorbereiten, dass dir morgen das Beten leichter fällt? Lege gern das Buch zur Seite und richte dir deine Ecke ein.
- Bibel lesen – Meine Freundin erzählte mir, dass Menschen, die ihre Bibel viermal oder öfter wöchentlich lesen, eine höhere Wahrscheinlichkeit haben, dass sie das Gelesene auch umsetzen. Ich sehne mich so sehr danach, mehr von

dem, was in der Bibel steht, in meinem Leben umzusetzen, deswegen spornt mich das echt an. Du kannst entweder im Neuen Testament oder bei den Psalmen starten, dir einen Bibelleseplan besorgen (gibt es im Internet sehr viele) oder die YOUVersion Bibel-App verwenden. Diese empfehle ich dir unbedingt. Hier gibt es spezielle Lesepläne zu verschiedenen Themen – du kannst einfach mal in der App stöbern. Mir persönlich hilft es besonders, wenn ich in der Bibel nicht nur lese, sondern mir die Verse, die mich ansprechen, auch herausschreibe. Hast du das schon einmal ausprobiert?

- Gebetstagebuch führen – Ich habe es oben bereits angeführt: Ich liebe es, ein Gebetstagebuch zu führen. Meistens schreibe ich in mein eigentliches Tagebuch massenweise Briefe an Gott oder Jesus. Alles, was mir auf der Seele brennt, schreibe ich wie in einem Gespräch mit ihm nieder. Gerade bei Sorgen oder Problemen bin ich erstaunt, wie allein durch das Schreiben diese für mich weniger belastend sind.
- Lobpreis hören – Wenn es dir schwerfällt und du nicht weißt, was du in deiner Gebetszeit tun sollst, ist es eine Wonne, ein Lobpreis-Lied zu hören und dabei die Augen zu schließen. Hier eigenen sich vor allem die ruhigeren Lieder von YouTube oder Spotify. Mein Tipp: ruhiger Lobpreis von der Home Mission Base auf YouTube.
- Vorgefertigte Gebete – Manchmal fehlen mir die Worte zum Beten. Manchmal weiß ich nicht, wie oder was ich sagen soll. Dann helfen mir fertige Gebetstexte von anderen. Die Tiefe dieser Gebete führt mich selbst in die Tiefe, die mit Gott möglich ist, und ich bin den Brüdern und Schwestern, die diese Gebete verfasst haben, sehr dankbar, dass sie mir in den Momenten, in denen mir die Worte fehlen, helfen mit Gott in die Tiefe zu kommen.

- Stille – Wenn etwas dein Gebetsleben boostert, dann die Stille. Ohne etwas zu sprechen, vor Gott auszuharren. Deine Gedanken kommen und gehen lassen. Den aufgewühlten See wieder ruhig werden lassen. Sein dürfen. Gottes Stimme hören. All das hält die Stille für dich bereit. Probiere es gerne aus!
- Bete aus dem Sieg heraus. Manchmal ertappe ich mich dabei, wie ich, wenn ich für ein Anliegen bete, eher aus einer bettelnden Position und Opferhaltung heraus bete. »Bitte Gott, mach doch endlich …« Doch als Kinder Gottes dürfen wir in unserer Autorität stehen und diese einnehmen. Wir dürfen aus der Haltung des Sieges heraus für unsere Anliegen eintreten und Sieg aussprechen.

5. Kämpfe den geistlichen Kampf

Neben anderen Schwierigkeiten, die uns von unserer Berufung abhalten können, gibt es noch etwas, das immer wieder unterschätzt wird, dabei jedoch Realität ist: die Versuchungen und tückischen Versuche des Teufels, uns in unserer Berufung zu schmälern. Der Teufel will Freude, Mut, Zuversicht, Hoffnung, Kraft und Leben stehlen, und wenn du dich auf den Weg machst, deine Berufung nicht nur zu erträumen, sondern die ersten Schritte einleitest, dann wirst du auch merken, wie tückisch der Teufel versucht, dir deine Berufung madig zu machen.

Oft erkennst du erst im Nachhinein, dass es eine Falle des Teufels war. Leider kennt er deine Vergangenheit gut, sodass er immer wieder Erinnerungen oder Glaubenssätze aus dieser hervorholt, die dir immer noch den Boden unter den Füßen wegziehen können, auch wenn sie Jahre vorbei sind. Die hinterlistigen Angriffe des Teufels kommen meist aus dem Nichts und bewirken, dass du von deiner Route abkommst. Manchmal können sie auch sichtbar oder körperlich spürbar sein. Dies können z. B. Ängste, Traurigkeit, Depression, Müdigkeit, negative Gedanken oder anderes sein.

Jedes Mal, wenn ich mich an dieses Buch setze, überkommt mich eine unglaubliche Müdigkeit. Auch wenn ich den ganzen Tag nicht müde war, die Müdigkeit überfällt mich in dem Moment, wenn ich mir vornehme zu schreiben. Die ersten Male hat mich diese Müdigkeit ganz schön überrannt, sodass ich mich hingelegt habe. Doch mit der Zeit erkenne ich ein Muster. Ich entdecke, dass diese Müdigkeit wie aus dem Nichts kommt und mich davon abbringen möchte, Menschen zu befähigen, ihren Ruf im Alltag zu leben und mutig neue Schritte zu gehen. Es gibt jemanden, der verhindern möchte, dass du und andere Menschen Gott erleben und Segen empfangen. Dies braucht uns allerdings nicht in Angst oder Schrecken zu versetzen. Gott hat den Kampf bereits gewonnen, und auf seinen Sieg dürfen wir jederzeit zurückgreifen. Bleib in Gott und erkenne die Muster, die dich dazu verleiten sollen, nicht das zu leben, was Gott von dir will.

Folgende Punkte können dir helfen, dich vom Teufel nicht in deiner Berufung zurückhalten zu lassen:

- Widersage ihm und befiehl ihm zu gehen! Sag ihm leise oder laut, dass du kein Interesse an ihm hast, dass du ein Kind Gottes bist, und in der Kraft und Macht Gottes befiehlst du dem Teufel, aus der Situation und deinem Leben zu fliehen. »Flieh, Satan, im Namen Jesu! Du hast keinen Platz hier!«
- Erzähle einer anderen gläubigen Person von den Versuchungen. Nur in dunklen, modrigen Räumen kann sich Schim-

mel bilden. Sobald Luft und Licht herankommt, hat er keine Chance mehr. Genauso ist es in unserem Leben. Wenn wir Dinge haben, die wir geheim halten wollen, Bereiche in unserem Leben, für die wir uns vielleicht sogar schämen, dann ist dies ein guter Nährboden für den Teufel, mit dir dort sein Ding zu machen. Wenn du jemandem von deiner Situation erzählst, wird der Teufel entkräftet und hat keine Macht mehr, dir Dinge einzuflüstern.

- Bitte jemanden für dich zu beten und vertraue dich einer Seelsorgerin oder einem Seelsorger an. Gebet hat eine große Kraft!
- Wenn du merkst, dass manche Probleme tief sitzen und du nicht weiterkommst, ermutige ich dich, dir professionelle Hilfe von einem Therapeuten oder einer Therapeutin zu suchen. Das ist keine Schwäche, sondern eine Stärke!

6. In Gemeinschaft leben

Kurz vor unserer Hochzeit nahm mein Vater mich und meinen Mann einmal zur Seite und gab uns einen Tipp: Wir sollten darauf achten, dass eins plus eins immer drei ergibt. Zunächst schauten wir ihn verständnislos an und schmunzelten dann, weil wir verstanden, dass durch die Liebe zwischen Mann und Frau Kinder entstehen können, sodass die Familie auf einmal zu dritt ist. Erst auf den dritten Blick begriffen wir, was er wirklich damit sagen wollte: Wir beide bilden mit Gott zusammen einen Dreierbund! Jetzt in unserem Ehealltag bemühen wir uns immer wieder, dass eins plus eins wirklich drei ergibt. Wir bemühen uns, einander zu unterstützen, Aufgaben zu zweit zu erledigen, die allein nie möglich wären, wodurch die Früchte unseres Lebens durch unseren Bund vervielfacht werden.

Gemeinschaft vervielfacht den Segen, den wir bekommen und weitergeben dürfen.

In ihrem Buch »Why Has Nobody Told Me This Before?« schreibt Dr. Julie Smith, wie man mental gesund leben kann. Neben Schlaf, Routine und gesundem Essen nennt sie auch menschliche Verbindungen als einen wichtigen Pfeiler, damit es uns Menschen gut geht. Oft genügt es schon, sich nur mit anderen Personen zu treffen, ohne besonders tiefgründige Gespräche zu haben, damit wir wieder fröhlicher sind.[14]

Als Christinnen und Christen sind wir als ein Leib erschaffen. Jedes Glied hat eine eigene, wichtige Rolle. Gemeinsam können wir einander stärken und fassen neuen Mut im Glauben. Für mich ist es sehr ermutigend zu hören, was Gott in anderen Menschen tut, weil ich dadurch sehe, was Gott auch in meinem Leben tun kann. Erzähle, was Gott tut, und lass andere an der Größe Gottes teilhaben!

Jesus sagt zu seinen Jüngern und damit auch zu uns: »So gebe ich euch nun ein neues Gebot: Liebt einander. So wie ich euch geliebt habe, sollt auch ihr einander lieben. Eure Liebe zueinander wird der Welt zeigen, dass ihr meine Jünger seid« (Johannes 13,34-35). Auch Paulus schreibt in seinem Brief an die Galater: »Lasst uns jede Gelegenheit nutzen, allen Menschen Gutes zu tun, besonders aber unseren Brüdern und Schwestern im Glauben« (Galater 6,10). Ich will lernen, anderen Menschen zu dienen. Sie zu studieren, herauszufinden, was sie brauchen, was ihnen gefällt und was sie sich wünschen. Ich will lernen, echt und wahrhaftig zu lieben und vor allem unseren Geschwistern im Glauben Gutes zu tun. Machst du mit? Wenn es den Menschen in deinem Leib, in deinem gläubigen Umfeld gut geht, dann profitierst auch du davon.

Vielleicht wurdest du gerade durch deine Glaubensgemeinschaft oder Menschen, die sich als Christen ausgaben, verletzt. Vielleicht hättest du dir gerade von deinen Geschwistern im Glauben oder gläubigen Menschen »mehr« erwartet und würdest dich am liebsten zurückziehen und deinen Glauben mit dir selbst ausmachen. Das ist total verständlich: Wieso solltest du dorthin zurückwollen, wo du verletzt wurdest? Dennoch möchte ich dich herausfordern, die Hoffnung nicht aufzugeben. Bete besonders für die Menschen, die dich verletzt haben. Wenn du kannst, tu ihnen Gutes, suche – wenn möglich – das Gespräch und bemühe dich um Klarheit und Einheit. Ich falle selbst immer wieder in die Falle zu glauben, dass der oder die andere den ersten Schritt machen sollte und sowieso ich im Recht bin. Doch durch dieses Denken tue ich weder mir noch anderen in meinem Umfeld einen Gefallen. Ohne Vergebung zu leben schadet nicht den Personen, von denen du enttäuscht bist, sondern am meisten dir selbst, da sich Verbitterung breitmachen möchte und dir den Frieden rauben will.

Ich will ein Mensch werden, der schnell im Vergeben, flott im Handeln, positiv im Denken und tief im Gebet ist, damit Jesus durch mich tun kann, was er uns in der Bibel versprochen hat: Berge versetzen. Willst du das auch?

WALKING ON WATER

> Gegen drei Uhr morgens kam Jesus über das Wasser zu ihnen. Als ihn die Jünger sahen, schrien sie entsetzt auf, denn sie hielten ihn für einen Geist. Doch Jesus sprach sie sogleich an: ›Es ist gut‹, sagte er. ›Ich bin es! Habt keine Angst.‹ Da rief Petrus ihm zu: ›Herr, wenn du es wirklich bist, befiehl mir, auf dem Wasser zu dir zu kommen.‹ ›Dann komm‹, sagte Jesus. Und Petrus stieg aus dem Boot und ging über das Wasser, Jesus entgegen. Als er sich aber umsah und die hohen Wellen erblickte, bekam er Angst und begann zu versinken. ›Herr, rette mich!‹, schrie er. Sofort streckte Jesus ihm die Hand hin und hielt ihn fest. ›Du hast nicht viel Glauben‹, sagte Jesus. ›Warum hast du gezweifelt?‹ Als sie schließlich zurück ins Boot stiegen, legte sich der Wind.
> *Matthäus 14,25-31*

Am Ende unserer gemeinsamen Reise durch »Shining bright« danke ich dir von Herzen, dass du dich mit dem Heiligen Geist und mir auf die Reise gemacht hast, dein Calling besser zu erkennen. Wie es Petrus ging, als er aus dem Boot aufs Wasser gestiegen ist, so geht es uns auch öfter, wenn wir gewohntes Umfeld verlassen. Wenn wir Risiken eingehen, weil wir das Gefühl haben, Gott könnte das von uns erwarten. Vielleicht fühlen wir uns manchmal einsam, so nach dem Motto: »Wieso sind denn die anderen nicht aus dem Boot gestiegen? Warum dürfen sie noch im ›sicheren‹ Boot sitzen bleiben? Wieso ist gerade das mein Thema, das mir so schwerfällt?«

Spannend an der Geschichte von Petrus ist, dass er in dem Moment, als er nach rechts und links schaute, Angst bekam und zu versinken begann. In dem Moment, als er sich umsah, als er nicht mehr bei seiner persönlichen Aufgabe blieb – nämlich dem Gehen übers Wasser –, sondern sich umschaute, um zu sehen, was um ihn herum geschah, ihn die Angst einholte und er nicht mehr weitergehen konnte. Meine Liebe, hol dir individuellen Rat von deinen Mentorinnen oder Mentoren ein, was deine Berufung anbelangt, aber schau nicht nach links und rechts. Lerne deinen Blick auf Jesus gerichtet zu halten und geh den Weg, den er für dich – ganz persönlich und nur für dich – vorbereitet hat. Das ist Aufgabe genug.

Lass dich dabei nicht auf das halbe Leben mit Jesus ein. Erlaube Gott, dass er dich in deinem Alltag füllen darf. Nimm ihn als deinen Retter, Erlöser und Herrn in deinem Leben an. Lass ihn hinein in die hintersten Ecken deines Lebens. In die dunkelsten Bereiche und Momente in deinem kostbaren Sein. Er liebt dich, wie kein anderer es je könnte, und er hat Pläne für dich, die du dir selbst nie hättest vorstellen können. Das Spiel mit dem Feuer lohnt sich nicht. Den Kompromiss zu leben ist es nicht wert.

Gibt es einen Bereich, in dem du mit dem Feuer spielst? In dem du dir immer wieder selbst einredest, dass es »schon okay« ist? Bereiche, für die du immer wieder gute Ausreden findest, warum du doch tust, was nicht gut oder Sünde ist, oder unterlässt, was du eigentlich tun solltest? Könnte es sein, dass deine Sorgen, deine Ängste, deine Überforderung und so manche deiner persönlichen Schwierigkeiten verschwinden würden, wenn du Jesus wieder an allererster Stelle in deinem Leben stellen würdest? Wenn du ihn zur ersten Priorität in deinem Leben machen würdest? Wenn du ihm mehr vertrauen würdest als dir selbst?

Oh, wie sehr weiß ich, dass diese Worte wahr sind, doch gleichzeitig fällt es mir in einigen Bereichen meines Lebens schwer, Gott wirklich die volle Kontrolle zu übergeben. Ihm die Zügel meines Lebens in die Hand zu geben und nichts vor ihm zurückzuhalten, kostet so viel. Immer wieder fragt er mich: Vertraust du mir? Und immer wieder will ich antworten: »Ja, Herr, ich vertraue dir! Ich weiß, dass deine Pläne für mich größer sind als meine eigenen.«

Spiel nicht mit dem Feuer, denn ehe du dich versiehst, verbrennst du dich! Meine Liebe: Das Leben ist zu kurz für Kompromisse. Es ist zu kurz für Umwege und unnötige Verletzungen, die die Sünde mit sich bringt. Es ist zu kurz für halbe Sachen. Für »mach ich morgen« und »wird schon irgendwann«. Heute haben wir die Möglichkeit, in der Fülle zu leben, die Jesus uns verspricht: »Ich aber bin gekommen, um ihnen das Leben in ganzer Fülle zu schenken« (Johannes 10,10).

Was hält dich davon ab? Ich will all in geben. Kommst du mit?

Du kannst nun beten:

Jesus, heute gebe ich dir (neu) mein Leben. Ich nehme dich als meinen Retter, Erlöser und Herrn an. Nicht mehr ich möchte leben, sondern du in mir. Ich gebe dir heute ganz besonders den Bereich, bei dem ich mich schwertue, ihn dir zu geben:

\- -

Ich übergebe dir heute die Zügel meines Lebens. Sei du mein Ein und Alles. Amen.

Am Ende dieses Buches wünsche ich dir …

… dass du Jesus in deinem Leben, in all deinen Umständen und in jeder Lebenslage finden mögest. Denn er ist es, den du suchst, wenn du vom Glück träumst. Er ist es, der auf dich wartet, wenn dich nichts von dem zufriedenstellt, was du vorfindest. Er ist die Schönheit, die dich so anzieht; er ist es, der dich provoziert mit jenem Durst nach Radikalität, der dir keine Anpassung an den Kompromiss erlaubt. Er ist es, der in deinem Herzen die wahreren Entscheidungen herausliest, die andere am liebsten ersticken würden. Jesus ist es, der in dir etwas entfacht: die Sehnsucht, aus deinem Leben etwas Großes zu machen; den Willen, einem Ideal zu folgen; die Ablehnung, dich von der Mittelmäßigkeit verschlingen zu lassen; den Mut, dich in Demut und Treue darum zu mühen, dich selbst und die Gesellschaft besser zu machen, damit sie menschlicher und geschwisterlicher werde.[15]

Von ganzem Herzen möchte ich dir zurufen:

Sei mutig! Lebe dein Leben mit Intention! Umarme deine Sehnsucht nach mehr und vertrau ganz auf Jesus, denn der Schöpfer deines Herzens weiß am besten, was du brauchst und was gut für dich ist. Er wird sich um dich sorgen. Amen.

DANKE

Von Herzen danke ich meinem Mann Daniel für seine unglaubliche Unterstützung und meinen zwei wunderbaren Töchtern, dass sie so sind, wie sie sind, für ihr riesiges Vertrauen und dass ich so viel durch sie wachsen kann.

Ich danke meinen Eltern und meinen Geschwistern Helena, Patricia, Corinna und Marius für ihr Vorbild und ihre Liebe zu Gott und zu mir.

Ein großer Dank gilt meiner Freundin Debby. Mit dir meine Kinder aufwachsen zu sehen und gemeinsam in das Abenteuer Mutterschaft zu starten, war einfach überreiche Gnade. Die Freundschaft mit dir hat mich näher zu Jesus gebracht. Danke!

Danke an meine liebe Schweitzerhaus-Crew. Eure Geduld mit mir und uns macht euch heilig.

Ein großer Dank gilt auch meinen Mamas vom »Mama Online Kongress«-Team – ihr seid mir so ans Herz gewachsen in den letzten eineinhalb Jahren, und alle Zoom-Meetings sind jedes Mal eine große Freude.

Danke an meine wunderbare Lektorin Katharina Töws. Es war eine Freude, noch einmal mit dir zusammenzuarbeiten. Dein klarer Blick ist eine große Bereicherung!

Danke an dich, wenn wir uns in den letzten Jahren über E-Mail, meinen Blog, Instagram, den »My Vision Planner« oder den »Mama Online Kongress« begegnet sind. Jede Rückmeldung und jedes Zeugnis, das ich erhalten habe, sind so ein Geschenk und geben mir Kraft, weiter den guten Kampf zu kämpfen.

Last but not least danke ich meinem guten Gott. Dein zu sein ist mein Gewinn.

LITERATUR

Dr. Julie Smith: Why Has Nobody Told Me This Before?, Penguin Random House, UK, Dublin, 2022.

Knoblauch, Jörg W.; Hüger, Johannes; Mockler, Marcus: Dem Leben Richtung geben: In drei Schritten zu einer selbstbestimmten Zukunft, 4. Auflage, Der Wilhelm Heyne Verlag, München, 2009.

Casey, Lara: Make it Happen: surrender your fear, take the leap, live on purpose, W Publishing Group, Nashville, Tennessee 2014.

Walch, Christina: My Vision Planner; www.my-vision-planner.com

ANMERKUNGEN

1 Navin Chawla: Mutter Teresa. Die autorisierte Biographie, München, Goldmann, 1993.
2 https://www.vatican.va/content/john-paul-ii/de/speeches/2000/jul-sep/documents/hf_jp-ii_spe_20000819_gmg-veglia.html, zuletzt aufgerufen am 10. 08. 2022.
3 https://www.vatican.va/content/john-paul-ii/de/letters/1995/documents/hf_jp-ii_let_29061995_women.html, zuletzt aufgerufen am 10. 08. 2022.
4 Hartl, Johannes: Eden Culture. Ökologie des Herzens für ein neues Morgen, Herder, 2021.
5 https://www.vatican.va/content/john-paul-ii/en/angelus/1986/documents/hf_jp-ii_ang_19861130.html, zuletzt aufgerufen am 10. 08. 2022.
6 https://www.missio.at/mutter-teresa-zitate/, zuletzt aufgerufen am 10. 08. 2022.
7 https://www.missio.at/mutter-teresa-zitate/, zuletzt aufgerufen am 10. 08. 2022.
8 https://www.disg-modell.de/, zuletzt aufgerufen am 10. 08. 2022.
9 https://greator.com/persoenlichkeitstypen/, zuletzt aufgerufen am 10. 08. 2022.
10 https://www.donbosco.de/Ueber-uns/Don-Bosco, zuletzt aufgerufen am 10 .08. 2022.
11 Dr. Julie Smith: Why Has Nobody Told Me This Before?, Penguin Random House, Dublin, 2022.
12 https://www.janetlansbury.com/podcast-audio/, zuletzt aufgerufen am 10. 08. 2022.
13 Übersetzung der Autorin. Originalzitat: Do not underestimate the hole your absence would leave. Each of us, we're remarkable creatures, and we have something to offer to the world. To the people we love. It's our responsibility to make that manifest, and we move a little farther away from paradise every time that doesn't happen.
https://www.instagram.com/p/CbDg3Y6sH1X/?igshid=YmMyMTA2M2Y=, zuletzt aufgerufen am 10. 08. 2022.
14 Dr. Julie Smith: Why Has Nobody Told Me This Before?, Penguin Random House, Dublin, 2022.
15 https://www.vatican.va/content/john-paul-ii/de/speeches/2000/jul-sep/documents/hf_jp-ii_spe_20000819_gmg-veglia.html, zuletzt aufgerufen am 10.08.2022.